源氏物語と音楽

文学・歴史・音楽の接点

日向一雅 編

青簡舎

はじめに

千年の長いあいだ読みつがれてきた源氏物語を正しく理解するためには、さまざまな手立てや観点が必要である。中世の読者は源氏物語の表現には漢籍や仏典の典拠や出典、和歌の引用、歴史的な准拠があると気づいて、それらを確認しつつ読んだ。今日でもそれは変わらない。文学史はいうまでもなく、平安時代の歴史や中国文学の影響、仏教や神道、陰陽道などの宗教との関わりを抜きにして、源氏物語を正確に理解することはできない。

本書は源氏物語と音楽との関わりをテーマにした。源氏物語五十四帖には音楽に言及しない巻は五巻だけである。他の巻にはすべて音楽にかかわる場面や記述がある。源氏物語はそれほどに音楽を重視していたのである。ところが、源氏物語の音楽についての研究は近年まで意外と低調であった。一方、平安時代の音楽史の研究が近年飛躍的に充実してきた。それを踏まえて源氏物語の音楽を見直すことが必須になったのである。

源氏物語には音楽がどのように描かれているのか、音楽にはどのような種類があり、どのような時、どのような所で、どのような音楽が演奏されたか、源氏物語は音楽をどのように位置付けていたのか。これらは源氏物語の音楽を理解する上での基本である。それは平安時代の音楽史を踏まえて理解するほかはない。本書では平安時代の宮廷音楽や礼楽思想、文学史の角度から源氏物語の音楽の問題に照明を当てている。

本書の基になったのは、明治大学古代学研究所主催のシンポジウム「源氏物語と音楽」（二〇一〇年三月）である。これは「私立大学戦略的研究基盤形成支援事業」として当研究所の取り組む、考古学・歴史学・文学を総合する古代学研究の一環として企画したものである。シンポジウムでは源氏物語と音楽との関わりについて、平安時代の宮廷音楽、朗詠、うつほ物語・源氏物語における七絃琴、中国・唐代の礼楽思想などについて報告された。本書はその時の報告者に玉稿をお寄せいただいた。心から感謝申し上げる。

本書が源氏物語と音楽との関わりや、源氏物語の音楽の特質について理解を深め、研究の進展の一助になることができれば、幸いである。

日向一雅識

目次

源氏物語と音楽

文学・歴史・音楽の接点

平安時代の宮廷音楽——御遊の成立について

豊永聡美

はじめに

『源氏物語』には様々な奏楽の場面が描かれている。それらにおいて奏楽者を誰にするか、また演奏する楽器を何にするかということには、それぞれの場面に対する作者紫式部の意図が秘められているとされている。とりわけ物語の中で「御遊び」・「大御遊び」と称されている天皇や上皇等の御前における楽会の場面には、源氏を取り巻く人間模様が凝縮されている。奏楽は『源氏物語』を読み解く上で一つの重要な鍵を握っていると言えよう。

「御遊び」は、『源氏物語』が成立したとされる一条朝の国史や古記録には、「御遊」と称されていたことが窺われ、藤原道長の『御堂関白記』や藤原実資の『小右記』等の貴族の日記に多数見られる。

では、御遊とは何か。その定義や成立時期の見方については多少の相違が見られる(1)。まず、定義すなわち内容について通説に基づいて概略を述べれば、「御遊とは、管絃に堪能な天皇や王卿侍臣が主な演奏者となり、管絃や歌い物を演奏する楽会であり、朝覲行幸・算賀・御産・御元服・御着袴・御会始・臨時行幸など儀式の饗宴の際に行われた」ということになろう。これは内容的には御遊における曲目や楽器の編成が整備され、御遊が儀礼構成の一部として定着した院政期以降の様態に主眼を置いた定義であり、室町期に成立した『御遊抄』の影響を強く受けていると言えよう。しかしながら、詳しくは後述するが、『源氏物語』が成立した平安期における同様の楽会の在り方にもすべてあてはまるとは言えない。また、御遊の成立時期についても、淳和・仁明朝から醍醐朝に至るまでの期間の中で諸説がみられる。筆者はかつて拙著を著した時に、異なる見方があり得ることを認識しながら、あえて御遊を「公的な楽会と理解する立場から醍醐が確立期にあたる」としたことがあるが(2)、今日、御遊の生まれてきた時代背景や内容の変遷を踏まえて、もう少し細やかな検証の必要があろうと考える。

このように御遊の定義や成立時期について見方が分かれる主な要因としては、まず何よりも御遊のような楽会の実態や呼称が一様ではなく、時代によって異なっていることが考えられる。しかし、いま一つの無視できない要因としては、『御遊抄』や『西宮記』等の御遊に関する主要な史料が、その編纂事情から時代考証を複雑なものとしていることがあるのではないかと考える。

御遊を定義付ける上での重要な要件は、１演奏者「主な奏者が天皇や王卿侍臣であること」、２奏楽の内容「管絃・歌い物であること」、３奏楽の場「儀式の饗宴などの公的な場であること」と言えよう。特に、儀式の饗宴といった公的な場において、雅楽寮や衛府等の音楽を専門とする楽人に代わって「天皇や親王、公卿や殿上人等が主要な奏者となること」は、宮廷音楽における大変革であった。本稿では、特に１「主な奏者が天皇や王卿侍臣である」という演奏者の要件を中心に、そうした奏楽がどのようにして生まれ、いかなる変遷を経て、御遊として確立するに至ったのか、また、いつ頃から御遊の呼称が一般的となったのかについて考察していきたい。

一　淳和朝

早くも淳和朝には、音楽を専門とする雅楽寮や衛府の楽人によらない天皇や王卿侍臣による奏楽が見られ始める。以下、周知の史料ではあるが、列記して考察していくこととする。

①　天長四年（八二七）十月戊申条（『類聚国史』帝王部十二　天皇遊宴）

御二紫宸殿一賜レ飲、群臣酔舞、帝弾レ琴而歌、楽只叵レ談、有レ詔賜二花葉之簪一、人々挿レ頭詠レ歌、投レ暮右近衛奏レ楽、宴畢、賜二群臣衣被一。

② 天長七年（八三〇）十一月庚子条（『日本紀略』前篇下　淳和　同日条）

基良親王加㆓元服㆒、拝㆓謁至尊㆒、帝命㆓侍臣㆒琴歌、賜㆓親王被衣大納言藤原三守御衣㆒。

③ 天長八年（八三一）八月丙寅朔条（『類聚国史』歳時部六　曲宴）

皇帝御㆓紫宸殿㆒（中略）時降㆓恩杯㆒、群臣具酔、命㆓治部卿源朝臣信㆒弾㆑琴、侍臣亦奏㆓唱歌㆒、見参五位已上賜㆑禄有㆑差。

①から③の史料は、淳和天皇の在位期間のものであり、帝とは淳和をさす。淳和は平安時代幕開けの桓武天皇の皇子であり、嵯峨天皇の弟である。この頃の天皇が演奏する楽器はほとんどの場合和琴であるが、淳和も琴を弾いていることが知られる（①）。いずれの史料でも、「御遊」という呼称は見られないものの、天皇や侍臣が奏者となっている。このことから、家永三郎氏は「これらは猶特定個人の楽技を示すにあり、御遊とは必ずしも同じものではないかもしれぬが、この頃よりして御遊の原型が凡成ったと見て差支えないのではあるまいか」と述べている(3)。確かに、天皇や侍臣が演奏をしていることに加え、奏楽の場についても紫宸殿における元服の儀や曲宴等といった公的な場であり、御遊を定義付ける三つの要件のうち、二つの要件がそろっているとみることができる。

しかし、奏楽内容に注目すると、いずれも琴歌であることに注意を払う必要がある。琴歌については、平安初期に編纂され、古代歌謡楽譜として最古の内容を有す『琴歌譜』が夙に有名であり、歌謡史や和歌史などにおける重層な研究史がある。(4)歌謡の分野から琴歌について論じた飯島一彦氏によれば、琴歌は音楽の一つのジャンル名ではなく、「和琴と和琴に合わせて歌う歌」であり、「『琴歌』の意義は、宮廷伝来の祭祀・儀礼との関係という点で理解されねばならず、それ故儀礼の内容が変化すると共に『琴歌』の意義にも変化への圧力がかかったことだろう」と指摘している。(5)また、古代の琴歌史について考察した神野富一氏によれば、琴歌は「伝統的な歌謡や新作の和歌が、外来音楽文化の影響のもと、楽器としても発達してきた和琴に合わせられ、聖武朝を荘厳する新しい宮廷音楽として登場した」もので、聖武朝の宮廷で隆盛になったとする。(6)

なお、神野氏が指摘するように、聖武朝の天平年間の宮廷における饗宴でも、和琴に合わせての唱歌が見られるが、これらはあくまでも奏者は五位・六位以下の官人によるものと見做すべきであり、(7)音楽を専門職としない天皇や侍臣による和琴に合わせて歌が歌われるという形態が見られるようになるのは、既述した平安初期の淳和朝からと言える。ただし、前述したように、あくまでも琴歌という奏楽内容の主体は楽器の演奏にあるのではなく、和歌や歌謡という歌にあり、奏楽の内容が「管絃・歌い物である」という御遊の要件は満たされていないことに留意する必要があろう。天皇や王卿侍臣が音楽を楽しむという意味での奏楽が登場するには、更に時代を下る必要がある。

二　仁明朝から光孝朝

次に、淳和朝にみられ始めた天皇や侍臣による弾琴唱歌の奏楽形態が、その後どのように変化したか、仁明朝から光孝朝までをみていきたい。

まず、史料を掲げたい。

①　承和十三年（八四六）四月辛未朔日条（『類聚国史』歳時部六　二孟）

天皇御二紫宸殿一、皇太子入覲、恩盞頻下、群臣具酔、殊召二従四位下藤原朝臣雄敏（貞）一、令レ弾二琵琶一、後令下諸大夫知レ音者遞吹二笙笛一、更奏中歌謡上、日暮賜レ禄有レ差。

②　貞観二年（八六〇）四月辛巳朔日条（『類聚国史』歳時部六　二孟）

帝御二南殿一、賜二宴侍臣一、次侍従被レ召、侍二右仗下一、左右近衛府遞奏二音楽一、日暮酒酣、親王公卿促二席御前一、各奏二絲竹一、坐歌起舞（下略）

③　元慶六年（八八二）三月二七日（『西宮記』臨時八、皇后御賀事）

於二清涼殿一賀二大后四十算一〈割注略〉、内蔵寮設二饗被物一、王公悉侍、有二献物一、雅楽寮候、童十八人遞舞〈割注略〉、貞数親王舞二陵王一〈割注略〉、王公於二殿上一合二絲竹一、事了給レ禄。

④　仁和二年（八八六）十月二日条（『類聚国史』歳時部六　二孟）

二日　天皇御二紫宸殿一、賜二宴侍臣一、親王太政大臣及参議已上、並侍二殿上一、六府奏二番上簿於庭一、左右近衛府遞奏二音楽一、酣暢之後、勅命二参議右衛門督藤原朝臣諸葛一弾二和琴一、王公並作レ歌、天皇自歌、宴楽畢レ景。

以上、①から④までの史料から、以下の点が指摘できる。

1、演奏楽器としては和琴のみならず、笙・笛・琵琶なども使用されるようになり、それに伴い、「奏二絲竹一」・「合二絲竹一」という用語が使われ始めていること。

2、奏者は、音楽に堪能な諸大夫（昇殿を許されない四・五位層）が主に登用されているが、親王・公卿クラスまでも加わるようになったこと。

3、多くが朔日の旬儀の史料にみられ、特に、旬儀後の饗宴（旬宴）において、近衛府による奏楽の後に行われていること。

中でも、3の旬宴における奏楽は、御遊の成立を考える上で重要であるので、少し詳しくみていきたい。

旬とは、天皇が紫宸殿に出御して政務を視ること（旬政）と、その後に行われる臣下たちと饗宴を行うこと（旬宴）とを合わせた朝儀をいい、名の由来にあるように元来、毎月一・十一・十六・二十一日に行われた。九世紀末ごろからは孟夏旬（四月一日）と孟冬旬（十月一日）の二孟旬が原則となり、その他には臨時の旬として万機旬（即位後）、新所旬（遷宮後）、朔旦旬（十一月の朔日が冬至にあたる時）が行われるのみとなった。

旬では、侍従たちから天皇に御贄が献上され（奉献）、それに対して天皇から侍従たちに宴が賜られる（賜宴）。これが旬儀の本質であり、「奉献と賜宴は従属と支配の関係を表現している」ものとされる(8)。そして「参列者にとっては、天皇と同一の場を共有し、共に宴に列するという人格的な結合を再確認する場でもあった」と指摘されている(9)。

御遊は王卿侍臣が自ら音楽を演奏して楽しむことに特質があり、旬宴などに見られる王卿侍臣の奏楽（御遊）は、穏座の芸能の一つであり、穏座の宴会は催馬楽が歌われるようになるなど、新しい芸能を展開させる基盤であったという指摘がある(10)。

これらの指摘を踏まえると、旬宴という場が人格的な結合を求める場であったからこそ、単に衛府の官人による儀式的な奏楽がなされるだけでなく(11)、穏座という余興的な場で宴を賜った王卿侍臣たちが、ともに唱歌して君臣和楽を作り出す奏楽形態が発生したのであろう。そして、ここに一気に王卿侍臣による奏楽という新しい芸能が発展したと言えよう。

以上、仁明朝から光孝朝においては、依然として御遊という呼称は見られないが、和琴ばかりでなく琵琶・笙・笛による奏楽も加わり、管絃の奏楽内容をもつ形態へと発展し、演奏者も四位・五位クラスから親王・公卿にまで広がりが見られるようになったのである。

三　醍醐朝

『御遊抄』において、御遊の内容を具体的に記した事例として最も古いものは醍醐朝のものであり、家永氏も「御遊抄には昌泰二年の御遊が収められているから、大體その頃には既にこの名が行はれてゐたのではないかと考えられる」としている。(12) しかし、『御遊抄』に見られる、昌泰二年（八九九）の御遊の記事には「幸二朱雀院一、命二本康親王一弾レ琴、雅楽寮奏二音楽一、殿上羣臣暢二絃歌一」とあって、「御遊」という言葉は記されていない。では、他の史料ではどうであろうか。以下、五つの史料を提示して、醍醐朝の王卿侍臣による奏楽について考察していきたい。

①　延喜八年（九〇八）正月一日　節会

（イ）『醍醐天皇御記』（『西宮記』恒例第一　正月、所引）

延喜八年正月一日御記云、左大臣語云、前代元日、侍従給レ酒後、有二絃歌事一、勘二日記一、承和三年十一月・貞観三年有二此事一云々、未剋、御二南殿一、儀式如レ常、雅楽奏レ楽了、左大臣起座曰、召二書司一、許レ之、大臣目二内侍一召レ之、典書滋子持二御琴一、入レ自二東障子

戸一候レ之、左大臣持レ之、授二兵部卿一令レ弾、侍臣同音唱歌、数曲後、大臣奏二見参一、縫
殿給二御被一、了還レ寝〈先例、召二御琴一時、殊召下堪二琴歌一親王一両及大臣上、更給二草墪一、
又或召二能レ歌者一、而此度、並无二此事一、便於二本座一奏〉。

（ロ）『西宮記』（故実叢書本）巻第一　節会

延喜八年、於二本殿一有二御遊一

延　八年　正月一日　節会　於二本殿一有二管絃一

②

一、宸宴事　『西宮記』臨時三　宸宴事

於二南殿一依レ有二御遊一、召二倭琴一之時、上卿仰二書司一云、御手奈良之云々〈謂二宇陀法師一
也〉、上卿先召二出居将一、仰云、書司召世、出居将還レ座、召二書司一、図書官人、称唯参進。

（下略）

③

延喜十二年（九一二）十月一日　旬

（イ）『日本紀略』（後篇一　醍醐　同日条）

旬、出二御南殿一、有二絃歌事一。

（ロ）『貞信公記抄』

上御二南殿一、其儀如レ常、（中略）臣先着レ之、召二親王等一、其後賜二恩盞一、奏二管絃一、但自
余親王以下猶侍二本座一、又殿上侍臣能レ歌者一両人、依レ召祗候、今夜親王以下無二別禄一

（八）『西宮記』（恒例第三　十月　旬事）

延喜十二十一、無二厨献物一、今日別有二御遊一、（下略）

④　一、賜女官賀事　『醍醐天皇御記』（『西宮記』臨時八　所引）

延喜十三年十月十四日、賜二尚侍藤原朝臣四十算賀一（中略）其後、侍臣依レ仰奏二絃歌一〈主上弾二和琴一、中務卿箏、師琵琶、克明親王琴、藤原朝臣及侍臣六七人唱歌〉、（下略）

①から④の史料を通してのキーワードは「絃歌」であり、醍醐朝になって数多く見られるようになる奏楽用語である。「絃歌」の字訓は定かでないが、『倭名類聚抄』には「絃」は「コトノヲ」「コトヲ」とあり、「ことをうた」・「ことうた」等の呼び方がなされていたのであろう。おそらく、外来音楽が定着し、外来の楽器を習得する貴族も増えていった過程で、和琴だけであった琴歌の奏楽に箏・七絃琴・琵琶などの絃楽器も加わるようになったことに伴い、通称においても「琴」に代えて「絃」が用いられるようになったと思われる。

掲載した史料から、絃歌について以下のことが指摘できよう。

1、絃歌とは、和琴・箏・七絃琴・琵琶などの絃楽器を奏で、これに合わせて唱歌することをいう。

2、絃歌に相当する奏楽は、既に承和（仁明朝）・貞観（清和朝）に行われていた。

3、絃歌は儀式音楽の奏楽（雅楽寮・近衛府等によるもの）の後に行われる。

4、絃歌が催される時には、書司《ふみのつかさ》(13)が取り扱う特別な琴（宇陀法師〈御手鳴・御手奈良之〉）が召される事例が見られるようになり、その場合には、特に琴歌に堪能な親王・大臣、または歌の名手が奏者に選定された。

5、『日本紀略』や『醍醐天皇御記』などで「絃歌」と記されたものを、『西宮記』では「御遊」と記している。

以上のことからすると、絃楽器（和琴・箏・七絃琴・琵琶）に合わせて唱歌する絃歌は、琴歌が発展してできた奏楽形態と考えるのが素直であろう（承和・貞観年間に先例あり）。こうした過程で、宇陀（多）法師という宇多天皇が愛好した和琴の名器などが使用されるようになり、そうした場合には天皇・親王・公卿といった高貴な身分の者が奏者とさせられた。そもそも高貴な身分の者が演奏に加わることが多くなったことが、こうしたことの背景にあると言える。このように名高い楽器の使用が見られ、高貴な身分の演奏者が参画するという相乗作用が進んでいく中で、絃歌は格式の高い奏楽に変化していったと言えよう。

最後に、5に挙げた『西宮記』に見られる絃歌と御遊の関係について補足しておきたい。『西宮記』は醍醐の子息で源朝臣の賜姓を賜わった源高明が著した私撰儀式書であり、原撰本と現行本とがある。原撰本は源高明が村上朝後半までに編纂を行ない、その後しばらくしてから少し補訂を加えたものであるのに対して、現行本は『類聚符宣抄』や『左経記』の記主である源経頼が高明の原撰本に注記や事例等の勘物を加えて後一条朝後半に作成したものであると推定されている(14)。

掲載した史料には、『西宮記』が所引するところの醍醐天皇の日記（「御記」）の文と『西宮記』の地の文章とがある。『西宮記』には、それ自体は散逸しており、まとまった形では残っていないが、醍醐の日記が逸文としては多く所引されている。『西宮記』で絃歌という語が使われているのは、「御記云〜」という形で御記をそのまま引用したり、またはほぼ原形に近い形で引用している場合（①イ、④）であり(15)、高明自身による記述、またはその後に経頼によって御記の節略文を引載したと思われる部分では、同じ内容のものが「御遊」と記されている（①ロ、②、③ハ）(16)。

また、醍醐天皇の日記とほぼ同時代の日記である『貞信公記』（藤原忠平著）や『吏部王記』（源重明著）の奏楽関係の史料をみても、「管絃興」・「絃歌」という呼称は見られるが、「御遊」は一度も使われていない。

以上からすると、「御遊」という呼称は醍醐朝ではまだ人口に膾炙しておらず、「御遊」という言葉が用いられ始め、それ以前の「絃歌」が「御遊」に相当する奏楽であると認識するようになったのは、源高明が『西宮記』を著した村上朝以降のことであると言うことができよう。

四　村上朝

『西宮記』に絃歌に相当する奏楽形態を御遊と称した事例が見られることは既述したとおりであるが、『西宮記』は村上朝時の編纂を基礎としつつも、いくつかの段階を経て最終的に完成しているため、『西宮記』の記事から取りも直さず、村上朝に御遊という呼称が定着していたとは言い切れない。そこで、村上朝における奏楽の史料を挙げて実態をみていきたい。

①　天暦元年（九四七）三月九日　朝覲行幸

（イ）『日本紀略』（後篇　村上）

天皇幸㆓朱雀院㆒、謁㆓見大后上皇㆒、有㆓絃歌御遊㆒

（ロ）『貞信公記抄』

行㆓幸朱雀院㆒、上皇・皇后共柏殿相謁、召㆓式部・中務両卿・大臣・大納言・右金吾・宰相二人㆒、御前有㆓管絃興㆒、賜㆑禄、自余又預者、

（ハ）『九暦抄』

朱雀院行幸儀、有㆓管絃事㆒、有㆑儀、

②　天暦二年（九四八）三月九日　朝覲行幸

（イ）『日本紀略』（後篇　村上）

天皇幸二朱雀院一、謁二見太后上皇一、有二御遊一、奏二音楽一、公卿以下賜レ禄有レ差。

（ロ）『吏部王記』（『河海抄』巻第九　乙通女　所引）

朱雀院行幸、帰徳之間楽所頗遠、絃音不二分明一、詔二右《左》大臣一云、操レ絃者近候宜歟、右大臣奏レ之、上皇令レ召二図書寮御琴一、式部卿和琴、余琴、右衛門督〈琵琶、高明卿〉、治部卿〈箏、兼明卿〉、又召二唱歌者人数《数人》一候二南欄一

（ハ）『源氏物語』少女巻

きさらぎの廿日あまり、朱雀院に行幸あり。（中略）楽所とをくておぼつかなければ、御前に御琴ども召す。兵部卿の宮琵琶、内のおとゞ和琴、箏の御琴院の御前にまいりて、琴は例のおほきおとゞに給はりたまふ。せめきこえ給。さるいみじき上手のすぐれたる御手づかひどもの尽くし給へる音は、たとへん方なし。唱歌の殿上人あまたさぶらふ。あなたうと遊びて、次に桜人、月朧にさし出でてをかしきほどに、中島のはたりに、こゝかしこ篝火どもともして、大御遊びはやみぬ。

③

応和元年（九六一）十二月一日　新所旬

（イ）『日本紀略』（後篇　村上）

天皇初出二御南殿一、開二承明門一、官奏、奏二音楽一、有二御遊一

（ロ）『西宮記』（恒例第三　十月　旬事）

遷宮後（旬）儀〈応和元年十二月例、御遊、万機之初（下略）〉

（ハ）『政事要略』（前篇　年中行事十月旬事）

応和元年十二月庚寅朔、去月廿日遷宮後、今日皇帝始御二紫宸殿一（中略）天皇勅曰、可レ令レ奉三仕音楽一者、（中略）左右近衛府共発二乱声一（割注略）、参入音声之後　舞各二曲、罷出音声了、（中略）于レ時図書寮女官等、執二倭琴〈宇多法師〉、笙及笛等一、出レ自二北障子戸一、一々授二之大臣以下一、訖吹レ笛弾レ琴、殊亦召二右兵衛督博雅朝臣一、令レ候二上達部座後一、又出居侍従大蔵卿源盛明朝臣、右近少将藤原朝臣清遠等、被レ召候二同所一、是則依二唱歌事一也、（下略）

（ニ）『新儀式』（逸文）

新儀式云、若有下臨時奏二絃歌一事上、近衛府音楽訖、（中略）大臣先進著二草墪一、次召下候二管絃一者上、大臣召二書司一、書司一人執二和琴一、出二東障子戸一献レ之〈謂二宇陀法師一也〉、一《ママ》各奏三絃歌一或召三加殿上侍臣能レ歌者一、王卿進立勧杯、数曲之後奏二見参一云々

（ホ）『源氏物語』藤裏葉巻

神無月の廿日あまりのほどに、六条院に行幸あり。（中略）楽所など、おどろ〳〵しくはせず、上の御遊びはじまりて、書の司の御琴ども召す。物のけう切なるほどに、御前

にみな御琴どもまいれり。宇多の法師の変はらぬ声も、朱雀院は、いとめづらしくあはれに聞こしめす。

④ 応和三年（九六三）八月二十日　廣平親王元服

（イ）『村上天皇御記』（『親王御元服部類記』所引）

今朝陰雨、此日廣平親王加二元服一、年十四、（中略）于時左右近奏二舞三曲一、訖退出、仰令三侍臣奏二絃歌一、令二兵部卿親王弾一レ琴、朝成親王吹レ笙（下略）。

①の史料は、村上が母穏子と兄朱雀に謁見するために朱雀上皇の御所である朱雀院に朝覲行幸した折に催された楽会についての記事である。後の平安後期（後一条朝以後）の成立とされる『日本紀略』では、「有二御遊絃歌一」と記しているが、同時代の日記である『貞信公記』と『九暦』では、「管絃興」・「絃歌事」と記している。

②の史料は、①と同様に朱雀院を朝覲行幸したものであるが、やはり『日本紀略』では「有二御遊一」とあるが、『吏部王記』では御遊とは記されていない。なお、（ハ）の『源氏物語』は、この時の行幸を典拠として描かれたのではないかとされている部分であるが、「大御遊び」と記されている。また、（ロ）の『吏部王記』によれば、「帰徳」という舞楽が王卿侍臣による奏楽の前に行われているが、この時に用いられた装束は、行幸三日前の『貞信公記』に「朱雀院

仰云、行幸日可レ有二音楽一、借二進極楽寺儛装束等一者云々」とあり、極楽寺から借用した物であったということが興味深い。

③の史料は、前年の天徳四年（九六〇）に内裏が罹災し、再建された新内裏に還御後に初めて行われた旬儀の饗宴における奏楽に関するものである。旬宴における王卿侍臣による奏楽の記事は、既述したように仁明朝から光孝朝にかけてしばしば見られたが、（八）の『政治要略』が詳しく伝えているように、ここでは、和琴の名器宇陀法師を使用するといった醍醐朝から見られるようになった絃歌を象徴する新たな奏楽スタイルで行われている。この行事についても『日本紀略』や『西宮記』では「御遊」と記している。一方、応和元年十二月に行われた新所旬の記事ではないものの、書司によって宇陀法師が整えられての奏楽について、村上朝の成立とされる『新儀式』では絃歌となっているが[17]（ニ）、一条朝の成立とされる『源氏物語』ではここでも「上の御遊び」（ホ）と記されている。

④の史料は、村上の皇子である廣平親王の元服の儀について記した『親王御元服部類記』が所引するところの『村上天皇御記』であるが、「絃歌を奏す」と見られる。

掲載した史料以外でも、同時代に記された藤原忠平の『貞信公記』や『吏部王記』では、「御遊」という呼称は全く見られない。忠平の子息師輔著の『九暦』では、一か所だけ「還二御本殿一、御遊事」と見られるが[18]、相撲の節に関わるものであり、管絃御遊であるか定かではなく、音楽であることが明らかな場合はすべて「有㆓管絃事㆒」・「管絃興」と記されている。

以上の点から、村上朝においても「御遊」という呼称は、『西宮記』に見られるだけで、同時代の記録にはほとんど見られず、この時期に「御遊」という呼称が使われ始めていた可能性は残るが、定着していたとは言えない。ただし、こうした王卿侍臣による奏楽が朝覲行幸や新所旬以外にも、皇太子や親王の元服、内親王著裳から内宴や花宴に至る様々な遊宴の場で行われるようになり、いまや饗宴に欠かせない楽会として定着していたことは間違いなかろう。

五　円融・一条朝

円融・一条朝の奏楽形態については、同時代の記録である『小右記』（藤原実資著）・『権記』（藤原行成著）・『御堂関白記』（藤原道長著）等から知ることができる。これらの日記には、絃歌という呼称はあまり見られなくなり、代わって「管絃」・「管絃興」・「絲竹」・「絃管」・「御遊」という呼称が見られるようになる。特に、初めて同時代の日記に「御遊」という呼称が頻繁に見られるようになったことは注目すべきことと言えよう。そこで、各日記から「御遊」と記されている記事を一か所ずつ抽出して、円融・一条朝の御遊の実態を考察していきたい。

①　天元五年（九八二）一月（『小右記』）

十二日　仰云、明日可レ有二御遊一、腰挿可レ召二候一者、仰二内蔵寮一、申二不堪之由一不レ献、仍仰二内給所一（下略）

十三日　参殿、伝聞、今日於二清涼殿西方一、有二御遊事一云々〈楽所人候二南壷一云々、雲上人候二南渡殿一云々、供二御膳之道一〉、内蔵寮不レ献二腰挿一、仍内給所献二疋絹一（二十一疋、随二人数一）、内蔵寮儲二衝重一云々、

②　長保元年（九九九）三月十六日　朝覲行幸御遊（『御堂関白記』）

（前略）申時召二公卿等一、於二御前一有二御遊一、楽所者両三候

③　寛弘六年（一〇〇九）三月十六日条（『権記』）

（前略）左大臣、右大臣、中宮大夫、皇后宮大夫、予、左衛門督、右宰相中将、左兵衛督等、有レ召候二御前一、給二円座一、有二御遊事一、源中納言早以退出、左宰相中将有レ召参入、右大弁、左頭中将、公信中将、定頼少将等、候二年中行事障子許一、長橋西壁下楽所人々候、為二陪従一者、遠理、則友、行義、公正、知光、興光、保命等也、入レ夜挙レ燭、給レ禄退出、公卿御衣、殿上人以下疋絹也。

①の史料にみられる御遊は、そしておそらく③も、儀式に伴ったものではなく、単独で催された御遊である。①では、その前日に実資が円融院から禄物の準備を命じられ、当日には絹二

十一疋が用意されているし、③においても、公卿には御衣、殿上人以下には疋絹（絹一疋）が与えられているが、こうしたことには注目すべきことである。これまでは、饗宴の中の一部として奏楽がなされ、その儀礼の締めくくりに禄が下賜される例が多かったが、ここでは御遊が単独に催されるようになり、その場合であっても禄物が用意されている。天皇から臣下への禄物の下賜は、両者の主従関係を確認するものであり、贈与によって両者は精神的な結びつきを得ることが指摘されているが[19]、御遊の奏者に対する禄物の賜与についても同様の意味を有していたとみることができよう。

　また、いずれの史料においても、御遊の奏者は公卿や殿上人ばかりでなく、彼らと場所を隔てて楽所の者どもが陪席している点は重要である。前述した村上朝の奏楽記事でも「又出居侍従大蔵卿源盛明朝臣、右近少将藤原朝臣清遠等、被レ召候二同所一（上達部座後〈筆者注〉）、是則依二唱歌事一也」というように、同様の状況が見られ始めていたが、御遊の体裁が整えられて儀式化していくにつれて、楽所の者をも動員することにより、奏楽の音楽的な質を高めていったと言えよう。

　ところで、『御堂関白記』の記事に見られる御遊は、ほとんどが元服・御産（五十日・百日の儀）・朝覲行幸といった儀式に伴ったものである。道長は、天皇や院の出御がない楽会や道長邸、中宮御所などで催された楽会については、「有二管絃事一」「有二絃歌事一」とし、御遊と区別して記しているように見受けられる[20]。ところが『小右記』では、一条が円融院の御所に朝覲行幸した時に催された天皇と上皇を御前にした楽会であっても「有㆓管絃之興㆒」と記している[21]。その一方で、臨時的な楽会であっても御遊と記している事例がある。即ち、一条が崩じた二年後の三条朝の記事であるが、「昨日左府云、主上被㆑仰㆓徒然之由㆒、今日管絃卿相参入者可㆑令㆑有㆓御遊㆒者」とあり、三条天皇が退屈にしているので管絃を得意としている公卿は御所に集まり、御遊をしなさいという命令が道長から下されている[22]。ただし、これに対して、命令を下した道長の日記には、「参㆓上御前㆒、可㆑有㆓御楽事㆒有㆑仰、而可㆑然人々不㆑候、仍退出」と記されている[23]。同時期にあっても日記の記主によって御遊の用例は異なり、御遊の概念が定まっているとは言えない。

円融・一条朝における御遊という概念の確立を考える上で忘れてはならないことがある。それは、御遊に相当する奏楽形態の呼称として前代まで見られた絃歌が円融・一条朝ではどうなったかということである。御遊が絃歌と全く同じ奏楽形態であるならば、御遊という呼称の成立とともに絃歌という呼称は使われなくなっても良いはずであるが、考察の対象とした『小右記』・『権記』・『御堂関白記』には、絃歌という言葉が少なからず見られる。そこで四例ほど挙げて、その実態をみたい[24]。

① 長保二年（一〇〇〇）十月十五日条　（『権記』）

（前略）同剋上出ニ御紫宸殿一、（中略）被レ仰下可レ令レ奏ニ音楽一之由上〈延喜十六年応和元年例
也〉、大臣称唯復ニ本座一、（中略）左右近各発ニ乱声一、（中略）目ニ於大臣一、々々（参進カ）先被レ
仰下依レ例可レ令レ奏ニ絃歌一之由上、並可レ召ニ人々一、（中略）大臣召ニ書司一、々々執ニ和琴一、進而
置□頭、女官等取ニ笙笛琵琶一、各置ニ之大臣座前一如レ先、（中略）絃歌一再行之後、大臣
奏ニ可レ給レ禄之由一□（下略）

② 長和二年（一〇一三）四月十三日条（『御堂関白記』）

（前略）上達部着ニ対代西面座一、数献後、殿上人堪ニ管絃一四五人許着ニ上卿座末一、有ニ絃歌
朗詠事一、亥四剋許、供奉上卿以下諸司諸衛者給レ禄、（下略）

③ 長保二年（一〇〇〇）十月三十日条（『権記』）

（前略）此夕□此夜御念仏竟也、侍臣聴聞之者以ニ絃歌一合奏、夫娑婆世界声作レ仏事、蓋
斯謂歟（下略）

④ 長和二年（一〇一三）四月三日条（『御堂関白記』）

（前略）於ニ雅通家一物忌、外人来、皇太后宮大夫・左大弁等来、有ニ絃歌事一、従ニ未時一雨下、
入レ夜人々退出

①の史料では、絃歌という呼称が見られるが、本来ならば「有ニ御遊事一」と記されてしかる

べきと思われる史料である。この記事は前年に内裏が焼亡し、再建された新内裏に一条が還御して初めて行われた新所の旬宴についてのものである。ここで、先例の一つとして挙げている応和元年の例とは、既に述べた村上朝の新所旬のことであり、書司によって和琴の名器宇多法師も準備されていた（①には和琴名は記されていない）。『西宮記』を受けて『北山抄』（治安年間〈一〇二一～一〇二四〉の成立）でも、村上朝のこの行事の内容を「御遊」と記している。したがって、「有二御遊事一」と記されてしかるべきものと考えられる。「奏二絃歌一之由」と見られるだけで「有二絃歌事一」と記されている訳ではないし、また、そもそも当日条の『権記』の記事は欠損が多いので、そこに「有二御遊事一」と書かれていた可能性は否定できないものの、いずれにせよ、後世では御遊と記すこととなる奏楽をまだ「絃歌を奏す」と称している点では、いまだに村上朝の名残が見られると言えよう。

②は、中宮妍子が土御門殿に還啓の途中に皇太后（彰子）の御所（枇杷殿）を立寄った際に催された楽会である。天皇や院の御前でもないし、規模の小さな楽会であることから御遊とせずに「絃歌・朗詠あり」と記したのであろう。

③と④は、円融・一条頃においても、絃歌と称される奏楽形態が存在していたことを窺い知ることができる記事である。③は御念仏に列席していた侍臣によってなされた奏楽(25)、④は道長が物忌であったためこれに障りがないように配慮して行われた奏楽である。絃歌は琴歌の奏楽

形態が発展したものでり、それがいつか御遊になったと推定したが、一方で琴歌の「弾二和琴一謌二神哥一」（『御遊抄』清暑堂、朱雀院）という本質を継承した和琴や琵琶等に合わせて歌うというシンプルな奏楽形態が絃歌と称されたまま存続したと思われる。③と④はそうしたオリジナルな絃歌の形態によるものではなかったであろうか。この点については、その後の絃歌について考察した上で明らかにする必要があろう。

いずれにせよ、円融・一条朝頃に、「御遊」という呼称がかなり定着するようになったことは間違いあるまい。ただし、円融・一条朝のみならず、それ以後について記した『小右記』・『後二条師通記』・『中右記』等の古記録をみても、まだ記主によって御遊の概念には多少の相違が見られ、より厳格な固有の儀礼行事として確立するのは院政期以降と思われるが[26]、この点については今後の課題としたい。

むすびに

御遊はいつ成立したか。諸説があり、必ずしも一致をみていない。しかし、そもそも何をもって御遊の本質と見るかによって成立時期も異ならざるを得ないのである。御遊を定義づける上で重要ないくつかの要素として、演奏者、奏楽の内容、そして奏楽の場などが考えられるが、これらのうち特に根幹とも言うべき王卿侍臣による奏楽の形態に着目するならば、天皇や侍臣が和琴の伴奏に合わせて唱歌するという奏楽形態が見られ始める淳和朝を御遊の成立期と考えることもできる。一方、御遊という「呼称」に注目するならば、その萌芽が見られるのは村上朝であり、円融・一条朝には定着したと言えよう。もう少し御遊の要件を総合的に捉えると、御遊という呼称こそまだ見られないが、和琴のみによる奏楽から琵琶・笙・笛等も加わった管絃の奏楽形態へと発展し、また、演奏者も諸大夫クラスからさらに親王・公卿に至るまで広がりを見せ、そして旬宴という場を通して、新たな奏楽形態が一気に発展したという意味では、仁明から光孝朝にかけての時期を御遊の成立期に見做すこともできるのかもしれない。

一方で、これまで筆者を含めて多くの研究では、醍醐朝が御遊の成立と深く関わると認識してきた。なぜか。琴（和琴・七絃琴・箏）に堪能な醍醐が、御賀や朝覲行幸などにおいて王卿侍臣等と共に頻繁に奏楽を行っていたが、そのために『御遊抄』にも醍醐朝から御遊の詳細な記事が見られるようになっていることが挙げられる。おそらくこのことが、醍醐朝にはすでに御遊という呼称が定着していたという感覚をもたらせているのではないかと推察される。こうした錯覚のような印象を引き起こした理由の一つは、『西宮記』の記述の複雑さと編纂史料における用語の在り方に因るものと考える。『西宮記』の問題点については既に述べたので細かく繰り返さないが、『西宮記』に「御遊」と記載が見られるのは、『醍醐天皇御記』の引用部分ではなく、源高明がみずから記した地の文、または、その後に書き加えられた部分であるが、その区別が明確ではないままに活用されているおそれがある。御遊という用語例はその記事の成立時期を正確に分析した上で、そのことを踏まえて判断する必要がある。また、御遊が確立した後に編纂された『日本紀略』などの国史も、「御遊」という呼称が成立していない醍醐・村上朝の記事であっても奏楽形態が後世の御遊に相当するものは安易に「有二御遊事一」と記す例が見られ、わかりにくくなっている。また、大日本史料や大日本古記録等でも、利用者に便利なように編纂者が出来事について綱目や頭注を付しているが、記事の中には御遊という言葉は使われていない場合にも、綱目や頭注に勝手に内容から判断して「御遊」と記していることが多い。同様のことは、『うつほ物語』や『源氏物語』といった王朝物語にも言える。「御遊（御遊び）」といった用語が使われているのは、円融・一条朝以降に成立した物語に限られるのである。[27]『源氏物語』の時代設定は、延喜・天暦の時代であるとされているように、奏楽スタイルも同時代の絃楽器に重きを置いた絃歌を描写しているが、呼称には『源氏物語』が執筆された一条朝に使用されていた御遊という言葉が用いられていることに注意を払う必要があろう。

最後に、それまで琴歌そして絃歌と称されていた奏楽形態が発展して御遊と称されるようになった円融・一条朝における宮廷音楽の特徴を述べて結びとしたい。

宮廷音楽の発達にともない、天皇も楽器を習得し、饗宴などの場で天皇が王卿貴族らと奏楽するようになることはこれまで見てきた通りだが、天皇が演奏する楽器は時代とともに変遷している。[28]古来より村上までの天皇が習得し、楽会などの場で演奏した楽器は主に和琴・七絃琴・箏・琵琶といった絃楽器であり、特に神事につながる和琴が重んじられていた。しかし、円融や一条になると笛に転じる大きな変化があり、天皇が笛を器物とする時代が高倉天皇まで長く続くこととなった。こうした天皇の器物の変化は、当然、絃楽器に合わせて唱歌する絃歌という奏楽形態よりも、管楽器と絃楽器による奏楽形態である管絃をより重視することにつながり、名称にも影響を及ぼしたに違いない。

また、醍醐・村上朝における楽会における所作人は、直系天皇とそれらのミウチ的関係にある親王・賜姓源氏および藤原氏の中から、音楽の技量によって特定の個人が選定されていた。しかし、円融・一条朝の頃になると、源雅信や重信、藤原実頼の子孫といった代々音楽を相承する特定の血筋に属する者がほぼ独占的に所作人に選ばれるようになるという大きな変化が見られ始める。[29]

つまり、天皇の器物が絃楽器の琴ではなく管楽器の笛へ、奏楽の担い手が天皇とミウチ的な関係にある者から代々音楽を相承する特定の血筋に属する者へという変化は、いずれも絃歌から御遊に名称が移行する過程で同時進行していたと言えよう。名称の変化は、天皇と身近な人々による絃楽器を主な伴奏とした神事性を重んじた古代的な音楽の遊びから、様々な楽器を用いて技量を高めた芸術性を追求しはじめた中世的な音楽の遊びへの変化の表れとも言えるのではないであろうか。

注

（1）御遊に関する主な論稿として、家永三郎「御遊の成立とその文化史的意義」（『歴史地理』七九―四、一九四二年）、倉林正次『饗宴の研究』文学編（桜楓社、一九六九年）、荻美津夫「平安中末期における音楽文化の展開」（『古代中世音楽史の研究』吉川弘文館、二〇〇七年、初出は一九八〇年）、磯水絵「公家と地下楽家における音楽伝承」（『説話と音楽伝承』和泉書院、二〇〇〇年、初出は一九八八年）、石原比伊呂「家業としての雅楽と御遊」（青山学院大学史学会『史友』第三十四号、二〇〇二年）がある。

御遊の成立時期については、家永氏は「御遊とは平安朝の宮廷内の遊宴に際し、主上以下列座の王卿侍臣が管絃を合奏し唱歌を添へ、以て興をたすけることを云ふ」とされた上で、御遊の萌芽は淳和・仁明朝あたりに見られ、文徳・清和朝に成立したとする。戦前の論文であるが、学ぶところの多い論考である。一方、荻氏は『日本古代音楽史論』（吉川弘文館、一九七七年）の中で、御遊の成立を醍醐朝初期と記していたが、氏は前掲論文の中では仁明朝まで遡らせることも可能であるとしている。

なお、脱稿直前に、渡辺あゆみ「平安期の史料にみられる『御遊』の概念」（『創価大学大学院研究紀要』三十、二〇〇八年）を知り得た。本稿にはほとんど反映できなかったが、本稿にも多少関わる論考であるので合わせて参照されたい。

（2）拙著『中世の天皇と音楽』（吉川弘文館、二〇〇六年）四四頁（注四八）、拙稿「王朝社会における王卿貴族の楽統」（『王朝文学と音楽』竹林舎、二〇〇九年）。なお、拙稿において、「摂関期における御遊の所作人」一覧表を付したが、まだ御遊という呼称が確立していない醍醐朝の奏楽記事も含めているので、厳密には「摂関期における楽会の所作人」という表題が適当であると言えよう。

（3）注（1）。

（4）山口博『王朝歌壇の研究―桓武仁明光孝朝篇―』（桜楓社、一九八二年）の第三篇第五章「謡う歌の流れ」では、和琴と和歌および歌謡についての詳細な研究がなされている。

（5）『古代歌謡の終焉と変容』（おうふう、二〇〇七年、初出は一九八三年）三六、四四頁。

（6）「琴歌略史―聖武朝ごろまで―」（『国語と国文学』八四―七、二〇〇七年）。

（7）『続日本紀』（巻十四　聖武天皇）天平十四年（七四二）正月壬戌条、『同』（巻十五　聖武天皇）天平十五年（七四三）正月壬子条。

（8）吉田歓「旬儀の成立と展開」（『日中宮城の比較研究』（吉川弘文館、二〇〇二年、初出は一九九六年）。

（9）加藤友康「朝儀の構造とその特質」（『講座・前近代の天皇』第五巻、青木書店、一九九五年）、一五四頁。

（10）倉林正次（注1）、三五〇頁。

（11）雅楽寮による奏楽が律令制上の天皇大権に関わる儀礼において行われるのに対して、近衛府による奏楽は、天皇の主従制的支配権に関わる旬儀のような儀礼において行われることが指摘されている（告井幸男「雅楽の楽と近衛の楽」『日本伝統音楽研究』第二号、二〇〇五年）。

(12) 前掲（注1）。

(13) 宇陀法師及び御手鳴については、拙著（注2）二七四頁以下を参照して頂きたい。

(14) 所功『宮廷儀式書成立史の再検討』（国書刊行会、二〇〇三年）一五四頁。なお、氏は前著において「従って、我々は『西宮記』現行本に数百条引かれている三代御記の逸文を読む際、そのほとんどが原文のままでなく、儀式行事について記述した部分ですら、かなり省略や修文されている箇所が少なくないことを、充分留意しておく必要がある。そのような引用の仕方は、おそらく源高明が原撰本の段階でも採っていたと想われるが、その勘物を大幅に修訂増補したとみられる源経頼あたりによって、一層簡略な取意文に近い形で数多く引載されるに至ったのではないかと思われる」と指摘している（『平安朝儀式書成立史の研究』（国書刊行会、一九八五年。一八四頁）。

(15) 唯一の例外は、『醍醐天皇御記』（『西宮記』恒例第一　正月所引）延喜十三年（九一三）正月二十一日条であるが、これは『西宮記』の裏書き部分に所引されものであり、裏書きは高明死後の加筆とされていることを考えれば、この記事も醍醐天皇の日記をそのまま抽出したものとは言えない可能性がある。

(16) ①の『西宮記』が引用する御記の記事（イ）の首付に、「御遊事」という見出し書きが故実叢書本には記されているが、神道大系本にはない。こうした首付は後世の加筆とみられ、延喜八年の当時に御遊と認識されていたのではないことに注意を払う必要がある。

(17)『西宮記』や『北山抄』の影響を受けて成立した『江家次第』も、二孟旬儀について述べる中で「臨時奏二管絃一、此日有二御遊一者、出居召レ琴云、書司御手鳴、新儀式云、謂二宇陀法師一也」と記している。

(18)天徳三年(九五九)七月二十九日条。

(19)梅村喬「饗宴と禄」(『日本古代社会経済史論考』、塙書房、二〇〇六年。初出は一九八六年)。

(20)『御堂関白記』長和元年(一〇一二)十一月七・十二日条、長和二年二月六・二十一日条。

(21)『小右記』永祚元年(九八九)二月十六日条。

(22)『小右記』長和二年(一〇一三)二月二十三日、二十四日条。

(23)『御堂関白記』長和二年(一〇一三)二月二十三日条。

(24)掲載した史料以外に、長保二年(一〇〇〇)十月十七日条(『権記』)、寛弘七年(一〇一〇)七月十七日条(『御堂関白記』)に絃歌が見られる。なお、②と④の史料は、一条が崩じて二年経過しており、厳密にいえば一条朝ではないが、①と③の史料と一緒に考察すべき史料であるため使用することとした。

(25)御念仏において絃歌が奏されている例は村上朝にも見られる(『村上天皇御記』応和三年〈九六三〉閏十二月二十一日条)。

(26)渡辺あゆみ(注1)。

(27)花山・一条朝の成立とされる『落窪物語』にも「御遊び」と表記された内裏における奏楽

と思われる場面が二ヶ所ある（新日本古典文学大系、八二頁、一五八頁）。
（28）　拙著（注2）。
（29）　拙稿（注2）。

引用史料

- 『類聚国史』、『日本紀略』、『政治要略』（改訂増補国史大系）
- 『貞信公記』、『小右記』、『御堂関白記』、『九暦』（大日本古記録）
- 『権記』（増補史料大成）
- 『村上天皇御記』（増補史料大成『歴代宸記』所収）
- 『西宮記』、『北山抄』（神道大系、朝儀祭祀編）
- 『西宮記』（新訂増補故実叢書）、第三章、史料①（ロ）のみに使用。
- 『御遊抄』（『続群書類従』第十九輯上）
- 『吏部王記』（史料纂集）
- 『新儀式』（森田悌「『儀式』と『新儀式』（校異・覚書）」〈『国書逸文研究』第十三号、一九八四年〉）
- 『源氏物語』（新日本古典文学大系）

源氏物語と唐の礼楽思想
――物語に書かれなかった「楽」をめぐって

江川式部

はじめに

奈良朝から平安朝初期に日本が遣唐使等を通じて輸入してきた唐の文化は、その後大陸との関係が疎遠になったことで、国内とくに朝廷において独自の展開をみせていく。平安時代を代表する文学作品である『源氏物語』には、そうした日本風にアレンジされた唐文化が所々に織り込まれており、物語に多く登場する楽舞もそのひとつといってよい。

『源氏物語』に描かれた音楽世界には、中国音楽とくに唐代に行われていた音楽の影響が散見する。唐代の音楽は、雅楽（郊廟楽）・鼓吹（儀仗楽）・宮中燕楽・民間音楽に大きく分けることができ(1)、このうち日本が継受したのは宮中燕楽である。日本ではこれを「雅楽」と称す(2)。平安朝の最盛期を映した『源氏物語』に登場する楽舞の数々は、唐の燕楽の流れを汲むものとしても、重要な研究意義をもつ。

しかし物語を「唐の（影響がみられる）音楽」という視点で読んでいくと、書かれていない「楽」があることに気づく。そのひとつは、「礼楽思想」に基づく楽であり、もうひとつは、平安朝では演奏されていたとみられるものの、物語には書かれなかった楽である。

本来、中国王朝にとって最も重要なのは、人々の耳目を楽しませるための燕楽ではなく、神にささげる郊廟楽であった。この背景には中国古来の「礼楽思想」がある。中国では天から地上の支配権（天命）を任された人間（皇帝）が統治を行うと考えられていた。天が不適当だと判断した場合、天災や戦乱が起こって、天命は他の人間に遷り、その王朝はたおれる。中国の歴代王朝が天文を重視して専門の観測官を置き、楽官を置いて正楽を追求したのは、星の動きや楽の音色に、治世に対する天の評価がいち早く現れると考えたからであった(3)。日本が継受した燕楽は、こうした意味で、中国の「礼楽思想」を反映するものではなく、したがって『源氏物語』の中に、中国王朝の政治理念としての礼楽思想が意図的に書き込まれているととらえることは難しい。これがひとつめの「書かれなかった楽」である。

もうひとつの「書かれなかった楽」は、著者が書けなかったと考えられる楽である。周知のとおり、中国の歴代王朝は男性官僚によって運営され、このため王朝儀礼の多くは男性によって行われた。こうした儀礼の中には、日本に伝えられて平安朝でも行われたものがあり、そこで演奏された楽は、皇族以外の女性が見聞きする機会はほとんどなかったと思われる。女性でありまたけして高い身分ではなかった著者には、未体験ゆえに物語のなかに織り込むことができなかった楽もあったと考えられるのである。

本稿ではこうした「物語に書かれなかった楽」に焦点をあてながら、唐と日本、また歴史と文学との接点について考察してみたい。

一　中国の礼楽思想

1、中国における礼楽思想の原点

中国において「楽」とはどういうものと考えられてきたのか。三礼のひとつである『礼記』の楽記には次のように述べられている。

凡音之起、由人心生也。人心之動、物使之然也。感於物而動、故形於声。……凡音者生人心者也。情動於中、故形於声。声成文、謂之音。是故治世之音、安以楽、其政和。乱世之音、怨以怒、其政乖。亡国之音、哀以思、其民困。声音之道、與政通矣。

凡そ音の起るは、人心に由りて生ずるなり。人心の動くは、物之をして然らしむるなり。物に感じて動く、故に声に形《あらは》る。……凡そ音は人心より生ずる者なり。情中《うち》に動く、故に声に形る。声文を成す、之を音と謂う。是れ故に治世の音は、安らかにして以て楽しむ、其の政和らげばなり。乱世の音は、怨みて以て怒る、其の政乖《そむ》けばなり。亡国の音は、哀みて以て思う、其の民困《くるし》めばなり。声音の道、政と通ず。

【要訳】「音」は人の心から生じ、心は外物の作用によって動揺する。よい政治が行われていれば、人々は楽しく暮らしてその声（音）も安らかで楽しいものとなるが、政治が乱れると怨み怒りを含むようになり、国が亡ぶときの音は、哀愁を帯びる。すなわち声音と政治とは相通ずるものである。

ここには、治政の良し悪しが、人の心ひいてはその音声や楽に影響を与えるという考え方が端的に述べられている。『礼記』は儒学の基礎である五経（易・書・詩・礼・春秋）のひとつであり、『周礼』『儀礼』とならんで国家礼制の思想的根拠とされたこともあって、歴代の王朝は、この考え方を基本的に踏襲していくことになる。

2、唐代（六一八〜九〇七）の礼楽思想

それでは、唐代の人々は「楽」をどのように理解していたのだろうか。以下にいくつか例をあげて、その様子をみてみたい。

長孫無忌（?〜六五九）は唐第二代皇帝太宗（李世民）の側近で、その皇后長孫氏の実兄であ

る。宰相をつとめた彼は、『唐律』の修定や、正史の編纂にも携わった。かれが編纂を手掛けた『隋書』巻一三・音楽志上には、彼の楽に対する見解がのべられている。

楽者、楽也。聖人因百姓楽己之徳、……其用之也、動天地、感鬼神、格祖考、諧邦国。樹風成化、象徳昭功、啓万物之情、通天下之志。若夫升降有則、宮商垂範。礼踰其制、則尊卑乖、楽失其序、則親疎乱。礼定其象、楽平其心、外敬内和、合情飾貌、猶陰陽以成化、若日月以為明也。

楽《がく》は、楽《らく》なり。聖人は百姓に因りて己の徳を楽む、……其の之を用るや、天地を動かし、鬼神を感《おも》い、祖考を格《ただ》し、邦国を諧《ととの》う。風を樹て化を成し、徳を象り功を昭にし、万物の情を啓き、天下の志を通ず。若し夫れ升降に則有らば、宮商範を垂る。礼其の制を踰れば、則ち尊卑乖る、楽其の序を失へば、則ち親疎乱る。礼もて其の象を定め、楽もて其の心を平にせば、外《そと》敬い内《うち》和し、情を合わせ貌を飾り、陰陽以て化を成すが猶く、日月以て明と為るが若きなり。

【要訳】聖人は百姓（のよいくらしぶり）によって自分の徳を楽しむのである。……音楽を用いることによって、人々によい教化を行い、徳や功を明確にし、人々の心を啓蒙して、天下の志をひとつにすることができる。礼によって正しいふるまいをさだめ、楽によって心をやすらかにすれば、外に対しては敬い、内においては和やかとなり、気持ちをあわせて行いを正しくできる。

次に長孫無忌が仕えた太宗（五九八〜六四九）の考えをみてみたい。『旧唐書』巻二十八・音楽志には、「前代の興亡は実に楽に由る（前代〔の王朝〕の興亡は楽〔の乱れ〕が原因である）」という御史大夫杜淹の意見に対して、太宗がつぎのように答えたことが記されている。

夫音声能感人、自然之道也、故歓者聞之則悦、憂者聴之則悲。悲歓之情、在於人心、非由楽也。将亡之政、其民必苦、然苦心所感、故聞之則悲耳。何有楽声哀怨、能使悦者悲乎。

夫れ音声の能く人を感《うご》かすは、自然の道なり、故に歓者之を聞けば則ち悦び、憂者之を聴けば則ち悲む。悲歓の情は、人心に在り、楽に由るに非ざるなり。将に亡ばんとするの政なれば、其の民必ず苦み、然らば苦心の感ずる所、故に之を聞けば則ち悲むのみ。何ぞ楽声の哀怨、能く悦者をして悲ませること有らんか。

【要訳】音声が人の心を感動させるというのは、自然なことである。喜んでいる者が聞けば嬉しくなるし、憂いのある者が聞けば悲しくなる。悲しいとか嬉しいという感情は、人の心にあるのであって、音楽のみによってそういう気持ちになるのではない。亡国の政治においては、民は必ず苦しんでいるから、音楽をきいて悲しむのである。楽声の哀しい音色が、悦んでいる人をも悲しませることなどない。

ここには、治政と楽との相関を認めたうえで、それは音楽が治政に影響を与えるのではなく、治政が楽の音色となって顕れるのだという、為政者としての認識がみられる。

続いて唐後半期の考え方をみてみよう。杜佑（七三五〜八一二）は徳宗（在位七七九〜八〇四）のもとで宰相をつとめた人物で、歴代の諸制度を通覧する『通典』の撰者として有名である。その『通典』巻一四一・楽序で、彼は楽について次のように述べている。

楽也者、聖人之所楽、可以善人心焉。所以古者天子・諸侯・卿大夫、無故不徹楽、士無故不去琴瑟、以平其心、以暢其志、則和気不散、邪気不干。……古者因楽以著教、其感人深、乃移風俗。将欲閑其邪、正其頽、唯楽而已矣。

楽なる者、聖人の楽しむ所、以て人心を善くす可し。所以《ゆえ》に古は天子・諸侯・卿大夫、故無くして楽を徹《さ》らず、士故無くして琴瑟を去らず、以て其の心を平かにし、以て其の志を暢ばせば、則ち和気散らず、邪気干《おか》さず。…古は楽に因りて以て教を著し、其の人を感《うごか》すこと深く、乃ち風俗を移す。将て其の邪を閑《ふせ》ぎ、其の頽《くずれ》を正さんと欲するは、唯だ楽のみ。

【要訳】楽は人の心を善くすることができる。古の人々が理由なく楽を去ることをしなかったのは、楽によって心をなごやかにし、志をただしくしていれば、和気が散じてしまうことがなく、邪気におかされることがなかったからである。古は音楽によって人々をよい風俗へと導いていたのである。悪い影響をふせいだり、風俗の頽廃を正しくできるのは、音楽だけである。

ここには、先にみた太宗の「楽が人心を惑わすのではない」とする考え方とは異なり、楽の人心に対する効能が説かれているとみてよいだろう。後段でやや詳しくみていくが、唐朝の楽制は玄宗期（七一二〜七五六）に大きく変化する。またその玄宗期の末に起こった安史の乱によって、唐の社会そのものも変貌することになるが、こうした時代の変化によって、人々の楽に対する考え方も少しずつ様子を移してきていたとみてよいだろう。

唐後半期の例としてもう一人、日本への影響が大きく、また「琵琶行」をはじめ楽に関わる詩作を多くのこした白居易（七七二〜八四六）の楽に対する考え方をみておこう。彼はその文集である『白氏文集』巻六五・策林四・議礼楽(4)に、次のように述べている。

問。礼楽並用、其義安在。礼楽共理、其効何徴。

臣聞。序人倫、安国家、莫先於礼。和人神、移風俗、莫尚於楽。二者所以並天地、参陰陽、廃一不可也。何則、礼者納人於別而不能和也、楽者致人於和而不能別也。

問う。礼楽の並び用るは、其の義は安《いずこ》に在りや。礼楽共に理む、其の効は何に徴《きざ》すや。

臣聞く。人倫を序し、国家を安んずるは、礼より先んずるは莫し。人神を和し、風俗を移すは、楽より尚きは莫し。二者は所以に天地に並び、陰陽を参《まじ》う、一を廃すること不可なり。何となれば則ち、礼は人をして別に納るも和すること能はざるなり、楽は人をして和に致すも別つこと能はざるなり。

【要訳】 礼楽はどうして両方が必要か。双方をおさめることで、どういう効果があるのか。人倫を秩序づけ、国家を安泰に保つためには、礼が最も重要である。人神を和やかにし、よい風俗を広めていくためには、楽より高尚なものはない。しかし、礼は人に秩序を与えるが和に導くことはできず、楽は和に導くことはできても秩序を与えることはできない。よって〔よい政治を行うためには〕礼と楽とはどちらか一方を欠くことはできないのだ。

白居易は憲宗朝では翰林学士・左拾遺、のちに詔勅を司る知制誥をつとめるなど、政治家としても活躍した人物であり、その楽論にも治政との関連が述べられている。ここでは、楽には人の心に和をもたらす作用があるといい、さらにそれが礼という秩序と併用されることが重要であると述べられている。杜佑の「楽は人心に作用する」という考え方を一歩すすめて、楽のもたらす「和」という効用は、礼の「秩序」によって補完されるべきだというのである。

以上の唐代の為政者たちの「楽」に対する考え方の変遷を整理してみよう。唐の前半期において、楽はそのときの治政のありかたを映すものだとされていた。しかしこのときはまだ、楽が人心に影響をあたえるという考え方は強く主張されていない。それが唐後半期になると、音楽は悪い風俗を正し、よいものへと導くことができる、という音楽の効用が説かれるようになり、やがて白居易のごとく、礼は国に秩序を与え楽は国に和をもたらすのであり、礼と楽とは治政において共に必要である、とする考え方が主張されてくるのである。

唐代における「礼楽」に対する考え方は、概ねつぎの三つにまとめることができる。一つめは、政治の良し悪しが、音楽に影響を与えるという考え方である。二つめは、音楽は悪い風俗を正しいものへと導くために必要である、というものである。そして三つめは、礼によって秩序を整え、楽によって和をもたらすことが大切だ、という考え方である。すなわち、礼と楽を正しく保つことが、為政者にとって重要であり、また責務であると考えられていたのである。じつはこの考え方は、既に『礼記』楽記にも述べられている。すなわち、

楽者為同、礼者為異。同則相親、異則相敬。……礼義立則貴賤等矣。楽文同則上下和矣。

楽は同を為し、礼は異を為す。同じければ則ち相い親しみ、異なれば則ち相い敬う。……礼義立てば則ち貴賤に等あり。楽文同じければ則ち上下和す。

【要訳】楽には人を和する働きがあり、礼は尊卑を区別する働きがある。和同すれば互いに親しみあい、区別すれば互いに敬うものである。……礼義が行われれば貴賤の差等（秩序）がうまれ、音楽が和すれば、上下の間が和同する。

とあるのがそれである。白居易は楽記がすでに指摘しているところの、礼による秩序、楽による和という治政の必要を、改めて述べなおしたに過ぎない。そうした意味では、唐代に「礼楽」に関する考え方に歴史的な変化があったとみることはできず、多少重点の置き方は変わっていたとしても、基本的な概念は楽記のそれを踏み越えてはいないと考えてよいだろう。そこ

では礼と楽とを正しく保つことが治政に必要だという認識がみられるのである。

では、礼と楽とを正しく保つ、というのは、王朝内において具体的にどのように行われるのであろうか。つぎにこうした「礼楽思想」を実践するための国の組織、すなわち楽官・楽制について整理してみたい。

二　唐朝の楽制と礼制

1、唐の楽制

中国の歴代王朝には、楽の演奏目的から、おおきく二つの組織が置かれていた。すなわち郊廟祭祀での奏楽を行う太楽と、儀仗楽を行う鼓吹とである。

表一　歴代王朝楽官略表（秦～唐）

	楽官（責任者）
（周礼）	大司楽（大司楽・楽師）、鼓人
秦	奉常（太楽令・太楽丞）
前漢	奉常（太楽令・太楽丞）、少府（楽府令・楽府丞）
後漢	太常（太予楽令）、少府（承華令）

曹魏	太常（太楽令・太楽丞）※鼓吹官不明
晋	太常（太楽令、鼓吹令）
宋	太常（太楽令・太楽丞）※鼓吹官無し
斉	太常（太楽令・太楽丞）※鼓吹官無し
梁	太常（太楽令・清商丞・庫丞、鼓吹令・鼓吹丞）
陳	太常（太楽令・清商丞・庫丞、鼓吹令・鼓吹丞）
北魏	太楽官（太楽博士）※鼓吹不明（闕文）
東魏・北斉	太常寺（太楽令・太楽丞、鼓吹令・鼓吹丞、清商部）
西魏・北周	司楽（司楽上士・司楽下士）※鼓吹不明
隋	太常寺（太楽令・太学丞、鼓吹令・鼓吹丞・清商令・清商丞）
唐	太常寺（太楽署：太学令・太楽丞、鼓吹署：鼓吹令・鼓吹丞）

唐朝内部の音楽機構については、すでに岸辺成雄氏の細部にわたる研究(5)があるので、ここではそれらを簡単に整理しておきたい。歴代王朝における郊廟楽と鼓吹楽の官署については**表一**のごとくであるが、唐朝でも典礼を管轄する太常寺の中に、郊廟楽を担当する太楽署と、儀仗楽を担当する鼓吹署とが置かれている。そして唐朝ではこれらに加えて燕楽（宴楽）が奨励された。玄宗期には宮中に教坊とよばれる皇帝の私設楽団が置かれ、当時唐土に入ってきていた

外国の音楽や、民間の流行音楽、宮中で作られた新曲の演奏等を行い、宮中での奏楽の需要にこたえていた。こうした唐朝の音楽機構をまとめると**表二**のようになる。

表二　唐朝の音楽機構（玄宗期七一二〜七五六）

太常寺		太楽署	雅楽（郊廟楽）を担当。楽師の選考と音声人の訓練
		鼓吹署	儀仗の鼓吹楽を担当
宮中		内教坊	宮女に楽舞などの諸芸を教える［大明宮の東内苑］
その他（宮廷）	外教坊	長安右教坊	主に燕楽の歌を担当［光宅坊］
		長安左教坊	主に燕楽の舞を担当［延政坊］
		洛陽右教坊	［明義坊南］
		洛陽左教坊	［明義坊北］
	梨園	長安宮梨園	主に法曲を演奏。また玄宗の新作の試楽を担当［禁苑］
		小部音声（法部）	十五歳未満の子供三十余名で構成された楽隊
		太常梨園別教院	新たに創作された歌舞の大曲の演奏
		洛陽梨園新院	各種民間音楽の演奏

宮中の音楽機構に奉仕する楽工は、その多くが楽工の子弟や民間芸人の中から選抜されたが、身分は「賤人」であり、婚姻に制限があるなど、法律上良民とは区別されていた(6)。

このような唐朝の音楽機構は、しかし玄宗朝末期に起こった安史の乱（七五五〜七六三）によって大きな影響を受ける。安史の乱は幽州節度使であった安禄山が起こした反乱で、七五五年十一月に范陽（幽州。現在の河北省涿県）で挙兵後、瞬く間に洛陽を陥落させ、翌年六月には長安の東の要衝である潼関を撃破し、長安を占領した。潼関陥落の報を受けた玄宗と一部の皇族・側近らは、ひそかに皇城を出て西へ逃げたが、長安城内の多くの官民はこの事実を知らされないまま取り残され、禄山軍の占領支配を受けることとなる。宮中に残された楽人らは、安禄山によって楽器や衣装とともにすべて洛陽に遷された。その後唐朝はウイグルの協力を得て七五七年九月に長安を、七六二年十月に洛陽を奪還するが、両京を回復した粛宗が大礼を挙行しようとした際、祭祀に用いる礼器や楽器はことごとく欠損しており、衣装等も新たに作り直さなければならなかったという(7)。禄山の長安占領により郊廟楽を担う太楽署が被害を受けていたのであり、そのことが国家祭祀の挙祭に影響を与えたのである。

なんとか命脈を保った唐朝の音楽機構も、その後黄巣の乱（八七五〜八八四）で再び長安が占領された際には、鎛鍾・編鍾・編磬などの大型楽器が破壊され、楽工らも四散してほとんど復旧が不可能となる(8)。郊廟楽で用いられるこれらの楽器は、その演奏者だけでなく楽器そのものを作る職人も極めて高い専門性をもつため、いちど失われてしまうと、簡単には復原できないのである。唐王朝内でもこのように希少な郊廟楽が、海を越えなければならない日本に伝わらなかったのは、当然のことであったと考えられる。

2、唐の礼制機構

つぎに唐朝の礼制機構について概観しておきたい。唐朝は年間に数多くの国家祭祀を行っていた（**表三**）。これらの祭祀は、その規模や重要性によって大祀・中祀・小祀の三つのランクに区分されるが、ほんらい皇帝が執祭すべき大祀だけでも十六を数え、これらすべてを皇帝がこなすことは現実的には不可能であるため、通常はこの大祀を含む国家祭祀のほとんどが、専門の官吏らによって挙祭される[9]。こうした国家祭祀の運営を担っていたのが太常寺であり、その組織を概観すると**表四**のようになる。国家祭祀では必ず奏楽が行われるため、先にみたように郊廟楽を担当する太楽署や儀仗楽を担う鼓吹署は、この太常寺に附属している。太常寺ではもともとこの郊廟・鼓吹楽に加えて散楽（演劇）や俗楽（民間音楽）も担当していたが、開元二年（七一四）、玄宗はこの太常寺の楽制を改め、教坊（左右外教坊）を別に設置して、散楽や俗楽を太常寺から切り離したのである[10]。

表三　唐朝四時祭祀一覧　※『大唐開元礼』により作成。大祀・中祀・小祀は祭祀の区分

		大祀	中祀	小祀
春	正月	上辛祈穀于圜丘		
	立春	祀青帝于東郊	東嶽泰山／東鎮沂山／東海／東瀆大淮	
	立春後丑日			祀風師
	孟春	太廟時享		
	孟春吉亥		享先農　耕藉	
	仲春		享先代帝王	興慶宮祭五龍壇・祀馬祖
	仲春上戊		祭太社／釈奠於斉太公	
	仲春上丁		釈奠於太学	
	春分		朝日於東郊	
	季春吉巳		享先蠶　親桑	
	?		蕭明皇后廟時享	
	?		孝敬皇帝廟時享	
夏	立夏	祀赤帝于南郊	南嶽衡山／南鎮会稽山／南海／南瀆大江	
	立夏後申日			祀雨師

夏	孟夏	禘（五年一度）・太廟時享 雩祀於圜丘		
	仲夏			祀先牧
	夏至	祭皇地祇於方丘		
	季夏	土王日祀黄帝於南郊	土王日祭中霤於太廟之庭	
	立秋前18日？		中嶽嵩山	
	？		蕭明皇后廟時享	
	？		孝敬皇帝廟時享	
秋	立秋	祀白帝於西郊	西嶽崋山／西鎮呉山／西海／西瀆大河	
	立秋後辰日			祀霊星
	孟秋	太廟時享		
	仲秋			祀馬社
	仲秋上戊		祭太社／釈奠於斉太公	
	仲秋上丁		釈奠於太学	
	秋分		夕月于西郊	
	季秋	明堂大享		
	？		蕭明皇后廟時享	

	?		孝敬皇帝廟時享	
冬	立冬	祀黒帝於北郊	北嶽恒山／北鎮醫無閭山／北海／北瀆大済	
	立冬後亥日			祀司中・司命・司人・司禄
	立冬後	祭神州地祇於北郊		
	孟冬	祫（三年一度）・太廟時享		祭司寒
	仲冬			祀馬歩
	冬至	祀圜丘		
	臘	太廟時享	蜡百神於南郊	
	?		蕭明皇后廟時享	
	?		孝敬皇帝廟時享	
他	毎月朔日			薦新於太廟

表四-一　太常寺組織　※『唐六典』巻一四・太常寺条より作成

職事官名	人数	流内品階	職掌
卿	1	正三品	掌邦国礼楽・郊廟・社稷之事。…凡国有大礼…、率太楽之官属、設楽縣以供其事。燕会亦如之
少卿	2	正四品上	（卿の次官）
丞	2	従五品下	掌判寺事
主簿	2	従七品上	（文書担当）
録事	2	従九品上	（文書担当）
府	12		（文書担当）
史	23		（文書担当）
博士	4	従七品上	掌辨五礼之儀式
謁者	10		（祭祀実務担当）
賛引	20		（祭祀実務担当）
太祝	3	正九品上	掌出納神主于太廟之九室、而奉享薦禘祫之儀
祝史	6		（祭祀実務担当）
奉礼郎	2		（祭祀実務担当）
賛者	16		（祭祀実務担当）
協律郎	2	正八品上	（祭祀実務担当。楽団の指揮）
亭長	12		（祭祀実務担当？）
掌固	8		（祭祀実務担当）
太廟斎郎	260		（祭祀実務担当）
太廟門僕	64		（祭祀実務担当）

表四-二　太楽署組織

職事官名	人数	流内品階	職掌
令	1	従七品下	掌教楽人調合鍾律、以供邦国之祭祀・饗燕
丞	1	従八品下	（令の次官）
府	3		（文書担当）
史	6		（文書担当）
楽正	8	従九品下	（祭祀実務担当）
典事	8		（祭祀実務担当）

掌固	6		（祭祀実務担当）
文舞郎	70		（祭祀実務担当）
武舞郎	70		（祭祀実務担当）

表四―三　鼓吹署組織

令	1	従七品下	掌鼓吹施用調習之節、以備鹵簿之儀
丞	1	従八品下	（令の次官）
府	3		（文書担当）
史	6		（文書担当）
楽正	4	従九品下	（祭祀実務担当）
典事	4		（祭祀実務担当）
掌固	4		（祭祀実務担当）

3、唐朝における楽の編纂と礼・令

ここでは唐朝の楽の編纂と、礼・令の改編との関係についてみておきたい。魏晋南北朝から隋唐期の歴代王朝では、礼と令の改革が同時期に行われることが多い(11)。これは当該期の中国王朝にとって、礼と令とが相互に連関しながら社会秩序として機能していたからだと考えられる。ではさきに第一章でみたごとく、秩序を整えるとされた礼と、和をもたらすとされた楽とは、それぞれの制度改革のうえで連関を確認できるのだろうか。**表五**に整理してみた。

表五　唐朝の礼・令・楽編纂略表

	礼	令	楽　※郊廟楽に関するもののみ
高祖期（六一八～六二六）		武徳令（武徳七）	雅楽修定の詔（武徳九）
太宗期（六二六～六四九）	貞観礼（貞観一一）	貞観令（貞観一一）	大唐雅楽の完成（貞観二） 楽章制定（貞観六）
高宗期（六四九～六八三）	顕慶礼（顕慶三）	永徽令（永徽二）	皇帝自製楽章（咸亨四）
玄宗期（七一二～七五六）	開元礼（開元二〇）	開元令（開元七・二五） 唐六典（開元二三）	楽制改定（開元二） 楽章改定（開元二五）
徳宗期（七七九～八〇五）	大唐郊祀録（貞元九） 貞元新修開元後礼		
憲宗期（八〇五～八一九）	礼閣新儀（元和一一） 曲臺新礼（元和一三）		

唐朝ではじめて国家の礼典が編纂・奏上されたのは、太宗貞観一一年（六三七）正月甲寅（二八日）であり、このすこし前に『貞観令』（同月一四日）が完成している。唐朝ではこの後『顕慶礼』（六五八）、『開元礼』（七三二）と都合三度の国家礼典の編纂が行われる。しかし『開元礼』完成後はこうした大規模な礼典の編纂は行われず、その都度実情に合わせた施行細則の

改定が行われていった。徳宗期の『貞元新修開元後礼』や憲宗期の『礼閣新儀』・『曲臺新礼』は散逸して現在には伝わらないが、礼典として国家秩序の根拠となるべく編纂された『貞観礼』・『顕慶礼』・『開元礼』とは性質の異なるものであったと考えてよい。『顕慶礼』が完成したのは高宗顕慶三年（六五八）正月である。これに先立ち高宗永徽二年（六五一）閏九月に『永徽令』が完成頒行されている。そして玄宗開元二〇年（七三二）九月に『開元礼』が完成し、その五年後に『開元二五年令』が頒行されている。完成時期は相い前後するものの、礼と令とについては、ほぼ同時期に編纂が進められていたと考えられる。

楽についてみていくと、唐朝ではじめて郊廟楽（雅楽）の選定を命じたのは高祖で、武徳九年（六二六）正月に当時太常少卿であった祖孝孫がその命を受けた。しかし同年六月に玄武門の変が起こり、高祖が位を二男李世民（太宗）に譲って退位するという政変もあって、祖孝孫が『大唐雅楽』十二和を完成させたのは、二年後の貞観二年（六二八）六月であった。そしてその後は、この十二和を基本に、それぞれの祭祀にあわせて楽章（歌詞）が制定されていった。つくられた楽章は、伝授の過程で欠損するものも多かったため、玄宗開元二五年（七三七）に楽章五巻がまとめられて太楽・鼓吹の二署に附され、楽工らの教習に用いられた[12]。

基本楽曲としての十二和が、その後大きく改定されることはなかったとすれば、唐朝における礼と楽とは、その制度改定に関して礼と令ほどには連関していなかったと考えられる。ただ楽章については、その制作に礼典参与者が携わる例は多い。たとえば、太宗期に楽章の制作を行った褚亮・虞世南・魏徴らはいずれも『貞観礼』の編纂に携わった人物であり、高祖期に楽章を制作した許敬宗は『顕慶礼』編纂に携わっている(13)。玄宗期に幾つかの楽章を制作した張説は、『開元礼』の編纂を行った集賢院に所属していた。楽章の内容は儀式次第と密接に関わるため、礼典の知識も同時に必要とされていたことがうかがえる。

三　楽の用例について

本章では唐朝と日本の平安朝及び『源氏物語』における楽の用例について検討してみたい。唐朝では郊祀・廟享、朝賀、釈奠、大射、即位、立太子、巡狩、葬礼など、中央で行われるほとんどの国家祭祀及び儀礼で、太楽署あるいは鼓吹署による奏楽が行われる。試みに、このような国家の祭祀儀礼における奏楽の有無を、平安朝ないし『源氏物語』の記述と比較してみると**表六**のようになる。表では楽そのものの内容は問わず、奏楽の有無のみを○×で表しており、平安朝に関しては『源氏物語』が執筆された紀元一〇〇〇年前後の記録を参照した。

表六　唐朝・平安朝・源氏物語における楽の用例比較

唐朝	郊祀宗廟	朝賀	釈奠	大射	※即位	立太子	巡狩	※葬礼
平安朝	―	○	○	×	○	○	○	×
源氏物語	―	○	―	×	×	×	○	×

注：「――」は機会そのものがないか、または書かれていないもの
「×」は楽を用いていないか、または楽のことが書かれていないもの
「※即位」は、『大唐開元礼』には即位儀礼のみの式次第は規定されておらず、具体的な用例は不明
「※葬礼」は、『通典』所引「大唐元陵儀注」[14]の代宗葬儀次第中に奏楽の記事あり

ここをみると、郊祀・宗廟のように祭祀儀礼そのものが日本側に見られない場合を除くと、唐朝と平安朝のそれよりも、平安朝と『源氏物語』の当該儀式の場面との間で、奏楽の有無に違いがみられることがわかる。釈奠については儀式そのものが物語には登場しない。このような違いはどう理解すればよいのだろうか。ここでは、物語には登場しない「釈奠」についてみてみよう。

1、唐の釈奠儀礼における音楽の用例

釈奠は儒学の祖である孔子とその弟子である顔回らをまつる儀式である。唐朝では長安務本坊の太学内に置かれた孔子廟で仲春・仲秋の二回、祭祀が行われた[15]ほか、州県学においても祭

祀が行われた。太学における釈奠の執祭者は、原則として皇太子がつとめることになっており、その場合国子監の長官である国子祭酒、同じく次官の国子司業らがその補助をする。唐朝の国家祭祀のなかでは、その規模や重要性を示す大祀・中祀・小祀のランクのうち、中祀に該当する祭祀である。太学の孔子廟における儀式の手順は『大唐開元礼』巻五三に規定があるので、そこから項目別に概要を整理すると次のようになる。

①斎戒（みぞぎ）
②陳設（祭器・楽器等の設置）
③出宮（皇太子の到着）
④饋享（祭祀献奠）
⑤講学（学堂で行われる講義）
⑥還宮（皇太子の退出）

このうち奏楽を伴う儀式は④饋享である。使用される楽器一式は、②陳設において、祭祀挙行の二日前に、太楽令らにより孔子廟の殿庭に設置される。郊廟楽で用いられる楽器の配置は、祭祀の規模により宮懸・軒懸の二種類があり、釈奠では軒懸（図一）が用いられる。[16]饋享は執祭者が神座前に詣《いた》り、祭文を読み上げて幣や俎・酒類をささげる、祭祀の最も重要な場面である。この儀式次第をさらに細かくみていくと、儀式の動作や内容に沿って四種類の奏楽が行われていることがわかる。

④-1（当日未明三刻）供物をならべる。

-2（当日未明二刻）堂上及び堂下の掃除。
皇太子は祝版に署名を行う。

-3（当日未明一刻）祭祀参列者入場。太楽令が楽工舞人を率いて入場、奏楽の準備。

-4 皇太子が東門より入場。（**永和の楽**を演奏）

-5 皇太子が東階より堂に上がり、先聖（孔子）神座前に幣を奉る。（**粛和の楽**を登歌）

-6 太官令が各神座前に俎を奉る。（**雍和の楽**を演奏）

-7 皇太子が先聖・先師の神座で献奠（初献）を行う。（**永和の楽**を演奏）

-8 皇太子が東階より降りてもとの立ち位置に戻る。（**舒和の楽**を演奏）

図一 唐軒懸図

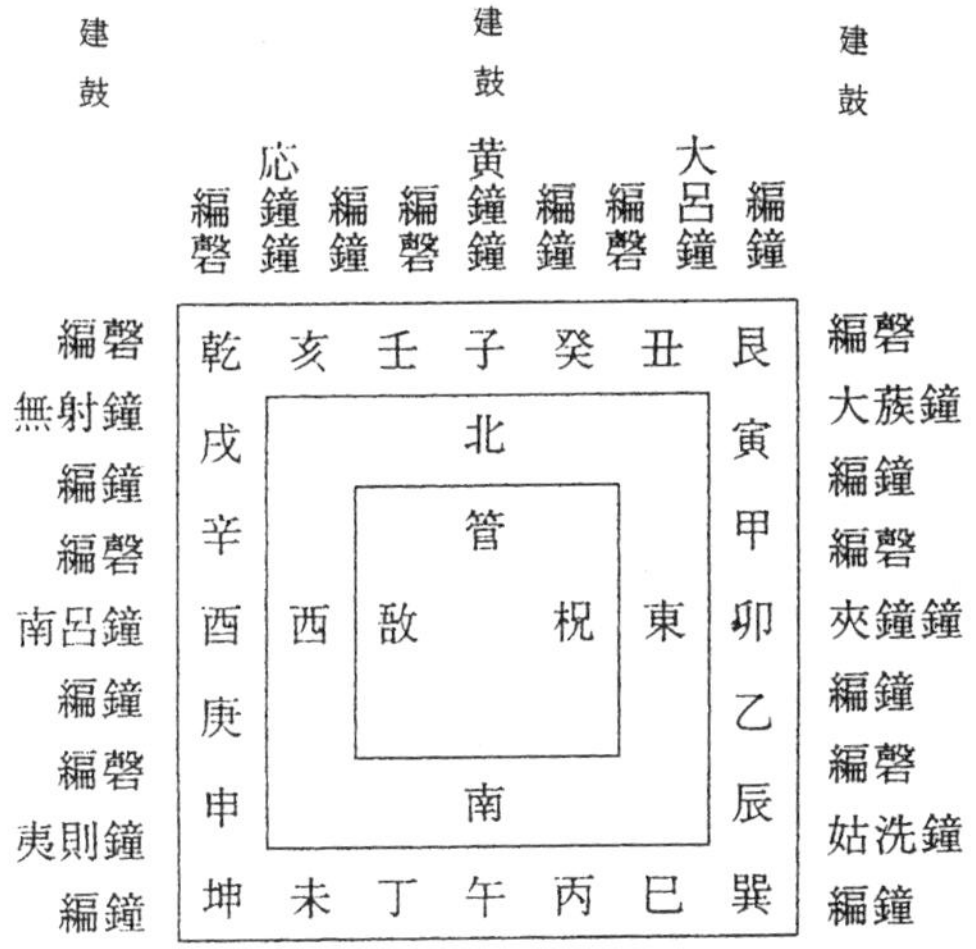

-9 つづいて国子祭酒、国子司業が献酒を行う（亜献・終献）。

-10 供物の撤収と賜胙の儀式が行われる。（**永和の楽**を演奏）

「永和の楽」は主に宗廟での祭祀に用いられる楽曲で、釈奠では皇太子が動作する際に演奏されている。「粛和の楽」は天地・宗廟の祭祀で行われる楽である。「雍和の楽」は郊廟祭祀において奉俎を行う際の楽、「舒和の楽」は通常は王公ら参列者の出入の際に奏される楽だが、ここでは皇太子の初献の儀式が終わったところで演奏されている。釈奠儀礼にみえるのはこの四種類であるが、これらは貞観二年（六二八）に祖孝孫によって修定・奏上されたもので、全部で十二和あり、それぞれ儀式の内容や進行状況にあわせて演奏されることになっていた[17]。郊廟祭祀の場合は、堂上で行われる儀式を殿下から見届けることができないため、堂下に立つ参列者はこのような奏楽によって儀式の進行状況を認知していたと思われる。

ところで、日本古代の釈奠儀礼の展開について詳細に検討した弥永貞三氏は、釈奠儀礼を「中国から輸入され、日本的変形を受けることの最も少なかった儀式である」としたうえで、唐『開元礼』と日本の『延喜式』の釈奠儀礼の内容を比較し、次のように述べている[18]。

相違点としてあげなければならないのは、延喜式では「文舞」・「武舞」、「永和之楽」・「粛和之楽」・「雍和之楽」・「舒和之楽」など、楽舞に関する記述が殆んど全く省略され、たとえ記述があっても、「楽作」・「楽止」など極めて簡略な表現となっていること、……楽舞

参考図（宋・陳暘『楽書』より、巻一一二「編磬」・巻一一〇「編鐘」・巻一一六「建鼓」）

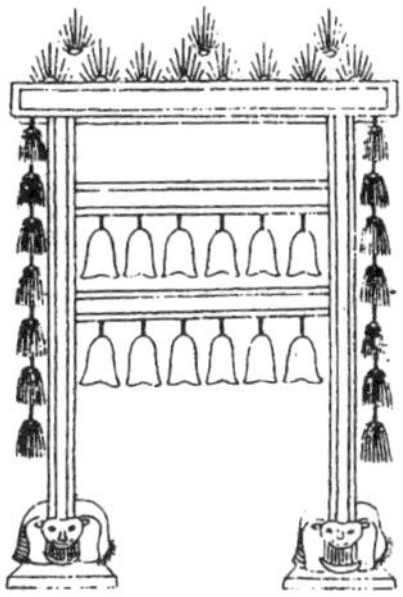
編鐘

編磬

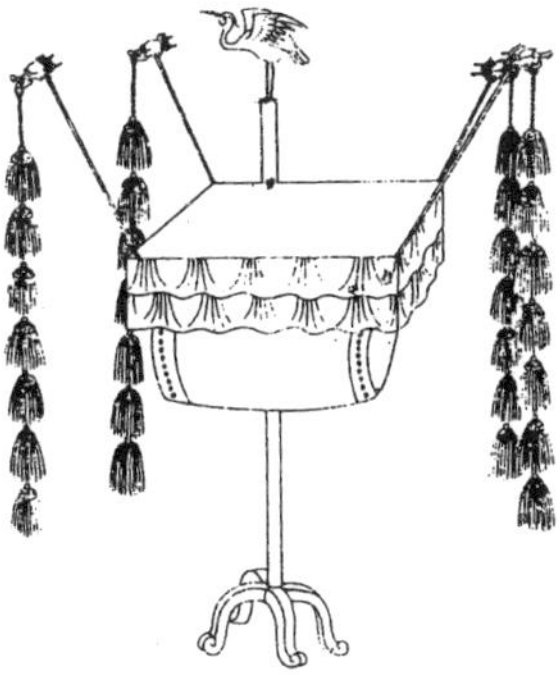
建鼓

の記述を省いたのは、唐の楽舞が日本によく知られていなかった為ではないかと思う。少くとも唐の楽舞と日本の楽舞とが相当ちがったものであったことが、延喜式制定者に認識されていたのであろう。

釈奠儀礼で用いられる「永和の楽」をはじめとした楽は、唐の郊廟楽として専門の楽舞団により演奏されるものであり、そこで使われる編磬や編鐘などの楽器が唐朝においてすら希少なものであったことは先に述べたとおりである。したがって釈奠の儀礼は継受しても、演奏すべき楽まで唐と同様にすることは困難であり、日本は日本式の楽をそこに組み込んで釈奠儀礼を再構築していったと考えられるのである。

日本では大宝元年（七〇一）にはじめて釈奠儀礼が行われた。のち天平七年（七三五）に吉備真備が唐より持ち帰った『顕慶礼』によって、天平二〇年（七四八）に儀式が改定され、やがて『延喜式』の形式へ定着していったと考えられている。[19] では、平安朝で行われていたはずの釈奠が、『源氏物語』ではなぜ書かれないのか。

弥永氏は、平安朝の釈奠儀礼について、儀式に参加し直接その執行に関係したのは、儀式が行われる大学寮のほか、太政官・式部省・雅楽寮・弾正台・検非違使（左右衛門府）であったと述べている。唐の釈奠が太学内の孔子廟で皇太子はじめ男性のみで行われた祭祀であることを考えれば、変形の少なかった日本の釈奠も同様であったと考えられる。すなわち大学寮で行われ[20]、女性の参加しない儀礼であり、紫式部はじめ当時宮中にいた女性の多くは、その儀式の内容を知らなかったと考えてよいだろう。博識をもって知られた清少納言も釈奠については、

二月、官の司に定考《こうじょう》といふ事すなる、なにごとにかあらん、孔子などかけたてまつりてする事なるべし。

二月、太政官庁では定考《こうじょう》という儀式が行われるようであるが、どういう理由があってのことだろうか。孔子の肖像画などをお掛け申し上げて行われるという事のようだ。

といい[21]、定考（太政官長上官の勤務成績上申の儀式で、毎年八月に行われる）と、二月に孔子の肖像を掛けて行われる釈奠とを混同している。漢学者である藤原為時を父にもつ紫式部も、釈奠については存在くらいは知っていたのだろうが、儀式の内容までは知りうる立場になく、物語に挿入することを避けたのではないだろうか。

2、『源氏物語』に書かれなかった楽

さいごに平安朝で行われていた楽をともなう儀式のなかで、『源氏物語』にも場面が描かれながら、そこに楽の記載がみられない「即位儀礼」・「立太子」について少し検討してみたい。

天皇の即位は、朱雀帝（「葵」以前）、令泉帝（「澪標」）、今上帝（「若菜下」）にその場面の描写がある。試みに令泉帝と今上帝の継位の場面についてみていくと、澪標巻に「おなじ月の二十

よ日御国ゆづりの事、にはかなれば…」と令泉帝の即位については事実のみが書かれ、令泉帝の譲位と今上帝の即位について若菜下には、

はかなくて年月もかさなりて、内の帝御位につかせ給ひて十八年にならせ給ひぬ。次の君とならせ給ふべき御子おはしまさず、物のはえなきに、世の中はかなく覚ゆるを、心安く、思ふ人々にも対面し、わたくしざまに心をやりて、のどかに過ぎまほしくなむと、年ごろ思し宣はせつるを、日頃いと重く悩ませ給ふ事ありて、にはかにおりゐさせ給ひぬ。世の人、あかず盛りの御世を、かくのがれ給ふこと、と惜しみ嘆けど、東宮もおとなびさせ給ひにければ、うちつぎて、世の中の政など、ことに変はるけぢめもなかりけり。

のごとく、令泉帝の譲位にいたる心理や、譲位によせる世の人々の感情は細かく描写されてはいるが、ここには天皇の退位・即位に関する儀式の一切が書かれてはおらず、したがって楽の描写もないのである。

また立太子については、弘徽殿女御所生第一皇子（のちの朱雀帝）の記事（「桐壺」）と、藤壺中宮所生皇子（のちの令泉帝）の記事（「葵」）とがあるが、そこに立太子の儀式の内容が描写されることはない。

平安朝で行われていた儀式のそれぞれについて、現在の我々は当時の日記や古記録類からその詳細や全体像を知ることができる。しかし『源氏物語』が当時の宮中に仕える女性の目線で

書かれていることを考えれば、天皇の即位儀礼や立太子の儀式そのものは詳述されないほうがむしろ自然であり、それこそが現実であったと考えるべきなのであろう。

まとめにかえて

以上、本論で述べてきたところをまとめると以下のようになる。

中国の歴代王朝においては、楽（郊廟楽）は礼とともに重視された。それは、礼により秩序を整え、楽によって上下を和するという、『礼記』楽記由来の「礼楽思想」に基づいたものである。唐朝の為政者にもこの治政理念としての礼楽思想は受け継がれていた。唐朝では燕楽が隆盛を極めるが、一方でこのような礼楽思想に基づく正楽（郊廟楽）が廃されることはなかった。

また、唐代における礼制と楽制との関係については、『貞観礼』・『顕慶礼』・『開元礼』の三度の国家礼典の改革にあわせて、郊廟楽曲そのものが改訂された形跡はない。ただし郊廟楽章の撰定を礼典編纂者が行っている場合も少なくなく、今後弘文・崇文・翰林の学士による修撰事業の問題ともあわせて検討する必要があろう。

そして、日本と中国、史学と文学との関係を考察するための試みとして、祭祀儀礼における

「楽」の用例について、唐と平安朝及び『源氏物語』とを比較してみた。中国と日本とでは祭祀儀礼における楽のありかたが根本的に異なるため、奏楽の有無という極めて簡単な比較ではあったが、ここから平安朝における即位儀礼や立太子の儀式次第について、『源氏物語』はほとんどなにも語っていないことが看取できた。唐で行われ、日本にも継受された釈奠については、記述そのものがない。

『源氏物語』は平安朝貴族の生活をうかがう貴重な史料ではあるが、それが個人によって生み出された作品であるがゆえに、現実の描写に限界があったことを考慮する必要がある。すなわち作者の生活空間には、目睹することのできた儀式とそうでないもの、また聞くことのできた音とそうでない音、すなわち書ける楽と書けない楽が存在していた。ここには作者の立場による限界と同時に、技能や情報面での限界もあったと考えられる。それは『物語』に琴以外の楽器の奏法があまり詳しくは書かれていないことからもうかがえるであろう。しかし、そうした点も含めて考察の対象にできるのであれば、歴史学研究における『源氏物語』の史料的価値はさらに高められるのではないだろうか。唐代史研究においては、平安朝における『源氏物語』のような作品は存在しないため、このような「書かれない儀式や音」を考察対象とすることとは不可能であり、またこうした部分こそが、当該時代の女性史研究の盲点となっているのである。

以上、唐の礼楽思想の流れや礼楽に関わる国家制度を整理し、さらに「楽」の用例について平安朝や『源氏物語』との比較を試みた。日本史や日本文学研究に関わる部分については不十分な理解のまま行論している部分も多くあろうかと思う。諸先生方のご批正を賜ることができれば幸甚である。

注

（1）唐代の音楽に関する研究は、岸辺成雄『唐代音楽の歴史的研究　楽制篇』上・下（東京大学出版会、一九六〇年初版。和泉書院、二〇〇五年再刊）、同氏『唐代音楽の歴史的研究続巻　楽理篇　楽書篇　楽器篇　楽人篇』（和泉書院、二〇〇五年）、孫曉輝『両唐書楽志研究』（上海音楽院出版社、二〇〇五年）、岸辺成雄・林謙三『唐代の楽器』（音楽之友社、一九六八年）参照。また中国音楽に関する通史としては、楊蔭瀏『中国古代音楽史稿』上・下（人民音楽出版社、一九八一年）、祁文源『中国音楽史』（甘粛人民出版社、一九八九年）等がある。

（2）荻美津夫『古代音楽の世界』（高志書院、二〇〇五年）九頁、及び同氏『平安朝音楽制度史』（吉川弘文館、一九九四年）参照。また日本雅楽の由来については、渡辺信一郎「雅楽の来た道―遣唐使と音楽」（『東アジア世界史研究センター年報』第2号、二〇〇九年）を参照されたい。

（3）天が現在の失政を怒り、災異をおこしてこれを改めるように譴告しているという考え方を

「天譴論」という。漢代以後に理論的な整備が行われ、その後の王朝政治に影響を与え続けた。澤田多喜男「董仲舒天譴説の形成と性格」(『文化』三一-二、一九六七年)、及び小島毅「宋代天譴論の政治理念」(『東京大学東洋文化研究所紀要』第一〇七冊、一九八八年)参照。

(4) 白居易著・朱金城箋校『白居易集箋校』(上海古籍出版社、一九八八年)。なお白居易の音楽に対する考え方や生活を略述したものに、劉蘭『白居易与音楽』(上海文芸出版社、一九八三年)がある。

(5) 前掲注(1)岸辺成雄[一九六〇]、同[二〇〇五]。

(6) 唐朝の楽工には、本来太常寺太楽署に「音声人」と「散楽」があり、のちに左右教坊が分離独立される際にも、多くがここより分出された。かれらは身分法上では「音声人」と「楽戸」とに分けられ、音声人が州県に戸籍を有するのに対し、楽戸は州県に戸籍はなく、法律上も異なる扱いを受けた。唐代楽工の身分制度の詳細に関しては、前掲岸辺[一九六〇]上巻・一七三-二一六頁「楽工の階級と身分」参照。

(7) 『旧唐書』巻二八・音楽志にはつぎのようにある。

天宝十五載、玄宗西幸、禄山遣其逆党載京師楽器楽伎衣盡入洛城。尋而粛宗克復両京、将行大礼、礼物盡闕。命礼儀使太常卿于休烈使属吏與東京留臺領、赴于朝廷、詔給銭、使休烈造伎衣及大舞等服、於是楽工二舞始備矣。

天宝十五載、玄宗西のかた幸し、禄山は其の逆党を遣し、京師の楽器・楽伎衣を載せて盡く洛城に入らしむ。尋で粛宗克ちて両京を復し、将に大礼を行わんとするや、礼物盡く闕く。礼儀使太常卿于休烈に命じて、属吏をして東京の留臺より領して、朝廷に赴かしむ、詔して銭を給し、休烈をして伎衣及び大舞等の服を造らしむ、是に於て楽工二舞始めて備る。

(8)『唐会要』巻三三・雅楽下にはつぎのようにある。
広明初、黄巣干紀、楽工淪散、全奏幾亡。及昭宗即位、将親謁郊廟、有司進造楽懸、詢於旧工、莫知制度。

広明の初め(八八〇)、黄巣干紀(規律を犯す)す、楽工淪散し、全(金)奏亡ぶに幾し。昭宗の即位するに及び、将に郊廟を親謁せんとす、有司楽懸を造るを進め、旧工に詢るも、制度を知る莫し。

(9)唐朝の国家祭祀のなかでとくに重視されたのが郊祀と宗廟である。郊祀・宗廟の祭祀の実際の運営については、金子修一『中国古代皇帝祭祀の研究』(岩波書店、二〇〇六年)第七章「唐代における郊祀・宗廟の運用」を参照。

(10)『資治通鑑』巻二一一・玄宗開元二年(七一四)条には次のようにある。
(春正月)旧制、雅俗之楽、皆隷太常。上精暁音律、以太常礼楽之司、不応典倡優雑伎、乃更置左右教坊以教俗楽、命右驍衛将軍范及為之使。

(春正月)旧制、雅俗の楽は、皆な太常に隷す。上は音律に精暁なり、太常は礼楽の司にして、応に倡優雑伎を典るべからざるを以て、乃ち更に左右教坊を置きて以て俗楽を教え、右驍衛将軍范及に命じて之が使と為す。

(11)小林聡「中国的「中世」をどうとらえるか?—礼制・律令制・貴族制の連関を求めて—」(『埼玉社会科教育研究』第七号、二〇〇一年)参照。

（12）『旧唐書』巻三〇・音楽志には次のようにある。

自後郊廟歌工楽師伝授多欠、或祭用宴楽、或郊称廟詞。（開元）二十五年、太常卿韋縚令博士韋逌・直太楽尚沖・楽正沈元福・郊社令陳虔・申懐操等、銓叙前後所行用楽章為五巻、以付太楽・鼓吹両署、令工人習之。

自後郊廟は歌工楽師伝授するに多く欠き、或いは祭に宴楽を用い、或いは郊に廟詞を称う。（開元）二十五年、太常卿韋縚は博士韋逌・直太楽尚沖・楽正沈元福・郊社令陳虔・申懐操等をして、前後行用する所の楽章を銓叙して五巻と為し、以て太楽・鼓吹の両署に付して、工人をして之を習わしむ。

（13）孫暁輝氏は、唐朝における楽章の創作が太宗・高宗期には弘文館、その後玄宗期には崇文館のちに翰林院で行われたことを指摘する。前掲孫暁輝［二〇〇五］三〇七―三一三頁参照。

（14）『通典』所載の元陵儀注関連記事の一覧については、金子修一・江川式部・稲田奈津子・金子由紀「大唐元陵儀注試釈（一）」（『山梨大学教育人間科学部紀要』第三巻第二号、二〇〇二年）の金子修一「はじめに」所載「『通典』所載元陵関係史料」を参照。

（15）唐の釈奠儀礼については、『大唐開元礼』巻五三「皇太子釈奠於孔宣父」、巻五三「国子釈奠於孔宣父」、巻六九「諸州釈奠於孔宣父」、巻七二「諸県釈奠於孔宣父」にその儀式次第の規定がある。なお州・県の礼文には奏楽の規定はみえない。

（16）唐朝の宮懸及び軒懸における楽器類の配置については、『唐六典』巻一四・太常寺・太楽署条を参照。

（17）『旧唐書』巻二八・音楽志は、十二和について次のように説明している。

制十二和之楽、合三十一曲、八十四調。…祭天神奏豫和之楽。地祇奏順和。宗廟奏永和。天地・宗廟登歌、倶奏粛和。皇帝臨軒、奏太和。王公出入、奏舒和。皇帝食挙及飲酒、奏休和。皇帝受朝、奏政和。皇太子軒懸出入、奏承和。元日・冬至皇帝礼会登歌、奏昭和。郊廟俎入、奏雍和。皇帝祭享酌酒・読祝文及飲福・受胙、奏寿和。

十二和の楽、合三十一曲、八十四調を制す。…天神を祭るに豫和の楽を奏す。地祇は順和を奏す。宗廟は永和を奏す。天地・宗廟の登歌は、倶に粛和を奏す。皇帝臨軒は、太和を奏す。王公出入は、舒和を奏す。皇帝食挙及び飲酒は、休和を奏す。皇帝受朝は、政和を奏す。皇太子軒懸もて出入し、承和を奏す。元日・冬至の皇帝礼会登歌は、昭和を奏す。郊廟俎入は、雍和を奏す。皇帝祭享の酌酒・読祝文及び飲福・受胙は、寿和を奏す。

(18) 弥永貞三「古代の釈奠について」(坂本太郎博士古稀記念会編『続日本古代史論集下巻』、吉川弘文館、一九七二年)四五一頁。

(19) 前掲弥永［一九七二］論文、野田有紀子「学令にみえる大学の一側面」(『延喜式研究』一六、一九九九年)参照。

(20) 同時期の釈奠の記事としては、藤原行成『権記』第三に寛弘二年(一〇〇五)二月九日の記事として「先著廟南門、拝先聖・先師」とあり、また藤原実資『小右記』にも「今日右金吾着釈奠」とある。釈奠が行われた大学寮は式部省の被官で、朱雀門外の朱雀大路の東、神泉苑の西にあった。

(21) 『枕草子』(講談社学術文庫本)第一二四「二月、官の司に」段参照。

『うつほ物語』の音楽――天皇家と七絃琴

西本香子

はじめに

一九七七年、中国湖北省随州の工事現場から、戦国時代前期の墳墓が発見された。曾国の王侯、乙（紀元前四三三年前後に没）の墓である。出土した文物はじつに一五〇〇〇万件余にのぼり、内容も青銅器、金器、楽器、兵器、車馬器具など多岐にわたった。なかでもとりわけ注目された世界古代文明の奇跡と讃えられたのは、六五件の青銅器編鐘である。編鐘とは大小の釣り下げ形の鐘で構成された旋律打楽器で、曾侯乙墓出土のものは、これまでに発見された最も大きな古代楽器であった。六四個の鐘は各二音、全体で一二八個の音を出すことができ、総音域は五オクターブに達する。この発見により、約二五〇〇年もの昔に、中国ですでにきわめて精密な音楽理論が存在したことが実証されたのである。彼の墓からは八種一二四点の楽器が出土し、当時の諸侯国の楽隊編成規模がうかがわれもした。

中国古代の祭祀は主として祭天である。その根本をなすのは敬天思想であり、社会の吉凶の全ては天の意によって生ずると考えられ、天を祭り地を祀ることが非常に重要な行事とされた。また音楽は一種の霊力をおび天意に呼応するものと捉えられ、天意にかなった音楽を奏することで世を太平に治めることができると考えられた。[1] だからこそ、祭天祀地の儀式や祖先を祀る宗廟の儀式では古くから大規模な儀礼音楽〈雅楽〉[2]が演奏されたのである。先の曾侯乙墓から発掘された楽器類もこうした儀礼で用いられたものであった。

儀礼音楽としての雅楽が急激な発展を遂げたのは、儒教と結びついて後のことである。春秋時代（前七七〇〜前二二一）の思想家であり儒教の祖とされる孔子は、礼を理想の秩序とし、仁を理想の徳とすることを説いた。礼とは社会秩序をたもつための生活規範の総称であるが、古代からあった音楽の霊性への信仰がこれと結びつき、礼にかなう人心や社会秩序を音楽によって形成しうるという考えを生んだのである。これを〈礼楽思想〉という。孔子はまた祖先祭祀を重視したので、そうした儀礼に伴う音楽を尊重することとあいまって、儒教では音楽が非常に重んじられることとなった。そしてこの儒教が、消長こそあれ大きな思想的な柱としてあり続けたために、古代中国ではたいへん早い時期から高度な音楽理論の発達が促されることになるのである。

仏教・道教といった他の古代思想もまた、各々の儀礼に音楽を取り込んだ。そして、このような儀礼音楽の大きな流れがあった一方で、他方には民間音楽の流れがあった。在来の中国固有の音楽（俗楽）にシルクロードから西域の音楽（胡楽）が流入して、新たな潮流を生み出していったのである。

よって中国の音楽を考察するにあたっては、古代思想および民間音楽（俗楽や胡楽）との関わり双方を注視する必要がある。中国古代の音楽はいわば、布教を競う古代思想と、絶え間ない刺激を受けて脈動する民間音楽群との絡み合いの中で醸成されていったのだ。

平安時代前期に成立した『うつほ物語』では、中国伝来の七絃の琴、すなわち〈琴《きん》〉が重要モチーフとして作品の主題を担っている。〈琴《きん》〉は中国古代音楽思想において格別な位相を占める楽器であり、『うつほ物語』の〈琴《きん》〉の特異性を明らかにするためには、まず中国における〈琴《きん》〉の本来的な理念をつまびらかにしなければならない。

したがって本稿ではまずI部で中国古代の思想と音楽について概観し、ついでII部では中国における〈琴《きん》〉理念の展開を追い、その上で、中国文化の積極的な摂取によって各々の国威確立をはかった東アジア諸国が、中国における重要な統治理念であった礼楽思想とその宝器である〈琴《きん》〉をどのように受け入れたのかを検討して、日本における礼楽および〈琴《きん》〉受容の特色を明らかにしていく。これらの考察がひいては、『うつほ物語』の〈琴《きん》〉のありようをあぶりだしていくはずである。

Ⅰ部　中国古代の思想と音楽

一　中国古代思想の展開

1．漢代(3)

中国音楽は太古より祭祀との強い紐帯があった。これが思想との明確な結びつきを見せ始めたのは、儒教が隆盛を誇った漢代以降である。

広大な中国の統一にはじめて成功した秦(4)は、あまりにも厳格な法統治が災いして滅亡した。続く漢はこれに学び、文化・教育による人民教化に力を入れ、儒教を尊んだ。また漢王朝は王朝の正当性を主張するために陰陽五行説を取り込んだが(5)、董仲舒は儒教にもこれを取り込むことで国家宗教と儒教の紐帯を強め、儒教を国教化へと導いた。

しかし、儒教ばかりではない。漢代は以降の時代を領導していく思想が一挙に表舞台に登場した時代であった。陰陽五行説(6)や讖緯説(7)が流行し、戦国時代に興った神仙思想(8)が世を席巻した(9)。また、中国の伝統的な宗教となる道教(10)の台頭もこの頃からである。心を清め自然のままに任せて脱俗超凡し、養生して長寿を目指すという道教は、後漢末期には形成され、土俗的宗教観に根ざしていたために広範な信徒を獲得した。さらに仏教も、シルクロードが開かれた前漢の頃には伝来している(11)。そして、こうして出そろった儒教・仏教・道教の三教は、後漢末には激しく布教を争うようになっていったのである。

2．魏晋南北朝時代（六朝時代）(12)

前漢の武帝（前一五六~前八七）が董仲舒の献策を容れて儒教を重んじて以来、儒教は思想の上で支配的な地位を占めるようになった。しかし魏晋南北朝時代（六朝時代）になると、儒教に批判的な勢力が生じてくる。魏の末期、司馬氏が儒教を利用して権力強化をはかったため、これに反発する人々が現れたのである。彼らは礼に縛られることなく自然のままに生きることを主張した。竹林七賢人(13)はそうした人々の代表であり、彼らは玄学思想(14)をよりどころとして山林に暮らして酒をのみ、礼にとらわれることなく音楽や文学を自由に楽しんだ。また道教は、支配者たちに迎合した教義を説いて貴族や皇帝らの信奉を勝ち取り、国家公認の宗教となっていった。

いっぽう、後発の仏教は外来思想であるがゆえ布教に苦しんだが、既存の儒教や道教の理念・術語を援用することで民衆への流布をはかった。たとえば、仏教の「五戒」を儒教の「五常」に対応させるというようにである。また、儒教で重んじられた孝道を仏教教義に関連づけ、仏法によって父母を済度（功徳を積むことによって死者を苦界から救うこと）することこそ真の孝行であるとした。このような布教が成功し、魏晋時代には各国の支配者の支持を勝ち取り民衆にも広く浸透して、仏教は全盛を極めるようになっていく。

3・隋・唐時代[15]

さらに隋唐期に至ると、仏教は黄金時代を迎える。隋の文帝は仏法の発揚を推進しほとんど国教の地位にまで高め、また武則天は自らの権威の根拠として利用するために仏教を重んじた。インド起源の仏教は本来、苦行による悟りを目指していたはずであったが、中国に伝来して以降には、民衆の意を迎えるため理論より信仰を重んじる姿勢に転じた。念仏や写経という簡単な実践によってどんな人間でも救われると説くことにより、身分を問わず広く信者を獲得するに至ったのである。こうしてすっかり中国化した仏教が、さらに日本を含む東アジア諸国へと伝播していくことになる。

また道教は、唐王室が同じ李姓であることから老子を聖祖と仰いだことによって、かつてないほどに推賞された。高祖李淵は三教の順を道・儒・仏に定め、唐の歴代皇帝は武則天を除いていずれも道教を信奉した。

こうした仏・道の隆盛に比して、隋・唐時代の儒教はやや勢いを削がれた感がある。しかし祭天祀地や祖先を祀る宗廟の儀式はいずれの王朝においても儀礼の枢要であったため、形骸化の傾向はあったにせよ、歴代王朝が儒教と雅楽を尊重する姿勢を崩すことは基本的にはなかったといってよい。このように、古代中国の思想はごく大まかにいえば、儒教を必須の柱としながら、儒・仏・道の三教が各々国家的宗教の重みを保ちつつ、各時代において勢力の隆替を競い合っていたのである。

二　中国古代音楽の展開

1．漢代以前…中国音楽理論の特徴

中国古代音楽の主流は雅楽である。宮廷雅楽はすでに周代（前一〇二三〜前二五五）には基礎的体系を確立していた。以降、春秋時代（前七七〇〜前四〇三）に衰退の一時期が生じたものの[16]、周の礼制は先秦時代[17]の宮廷でもほぼ継承されていく。この時期には音律学において七音音階・十二律体系・三分損益法などが創出され、音楽理論はすでにめざましい成果を収めていた。

こうした実際的な音楽理論を発明したのはむろん、現実に音楽に携わった、音楽家ともいえる人々である。しかし、中国で音楽思想をいっそう高らかに語ったのは、むしろ儒家たちであった。彼らにとっての音楽は礼楽思想の上にあり、彼らはあくまでも儒教理念を尊奉して、実際の音楽演奏には適さない抽象的な思想を立論した。儒教が尊ばれた漢代に輩出した劉向[18]・班固[19]らも、こうした思想派の一端である。伝統的な礼楽思想においては、音楽があらわす哀楽

の感情は時の政治や社会のありさまを反映したもので、為政者は民間の音楽を聴いて社会の情況を知り、正しい音楽によって民衆を教化することができると考えられていた。彼らは音楽のこうした道徳性・教化性を強調し、国家統治や人民支配にいっそう積極的に利用すべきことを説いた。このような思想的音楽理念が通用していたことは、中国音楽の最大の特徴といえるだろう。

しかし後代には、音楽本来の芸術性をかえりみないこうした思想への疑念が生じてくることになる。

2．漢代…宮廷音楽への俗楽の取り込み

秦を倒した漢の王室は鬱勃たる気風にあふれていたが、主要儀式で催される雅楽は前代を引き継いだ旧態依然とした音楽であった。そこで漢の武帝は、楽府《がふ》に命じて各地の民間音楽である〈俗楽〉を収集させる。楽府とは、宮廷の音楽・舞踏をつかさどる最高機関であり、武帝はここで改良を加えさせた上で俗楽を宮廷音楽に取り込んだのである。これによって雅楽の独占状態にあった宮廷音楽に清新な民間の風が吹き込むことになる。雅楽の中心は金属打楽器であったが、俗楽摂取にともなってその伴奏である管弦楽も入り、楽器面でも革新が生じた。さらに、この時代にシルクロードが開かれたことによって西域音楽（胡楽）が流入し、これもまた宮廷音楽に大きな影響を与えることとなった。音楽は、儀式を荘厳するものから愉しみ愛好す

るものとしての側面を強めていき、ついには嵆康の声無哀楽論（三章参照）などの主張が現れ支持されるようになっていく。

3．魏晋南北朝時代（六朝時代）…俗楽・胡楽の盛行

魏晋時代になると俗楽はますます盛んになる。俗楽の代表ともいえる清商楽（清楽）は漢の楽府が収集した俗楽の一つであり、このころ流行して宮廷音楽となった。また仏教の隆盛によって西域・インドへの通交がいよいよ盛んになった結果、西域や東方辺境の音楽、また外来の仏教音楽が輸入され、中原の音楽と融合して音楽の各方面に新たな発展を招いた。仏教はその儀式において娯楽性のある楽舞を催し布教の効果を上げようとしたので、そうした活動の中で在来の俗楽舞と西域の胡楽舞とが融合していったのである。俗楽とは本来的には漢代以来の中国固有の芸術音楽を指すが、南北朝・隋・唐に流入した西域楽である胡楽の一部もまた、このような融合を経て俗楽に重ねられるようになっていく。

4．隋唐時代…宮廷音楽の整備と隆盛

こうした胡楽を含む俗楽隆盛の蔭で、六朝時代の兵乱が王室の衰退をまねき、雅楽は廃絶に瀕した。しかし隋の文帝（五八一～六〇四年）が天下を統一すると、儒教による思想統一の一環として雅楽の復興がはかられる。とはいえそれは旧来の雅楽をそのまま再興するものではなく、伝統の俗楽の保存と新生の胡楽の振興をかねて、雅・俗・胡三楽の整理をおこなうものであっ

た。

宮廷音楽はまず雅楽と俗楽[20]の二つに分けられ、さらに俗楽として七種の舞楽を選び七部伎が制定された。煬帝（六〇四～六一八年）の代にはこれに二種を増やして九部伎とし、唐の太宗のときにあらたに一種を加え、俗楽十部伎が確立するに至る。[21]これらの舞楽は中国古来の俗楽である清商伎（清楽・法曲）をのぞいて、そのほとんどが唐の勢力の及んだ東アジア辺境と西域の国々の舞楽に基づいたものであった。

唐代には世界中の音楽が中国に流れ込んだといっても過言ではない。その版図は中央アジアにまで達し、はるかローマ・ペルシャの文化までが流入するようになって胡楽の流行はますます盛んであった。なかでもとりわけ音楽を愛好した玄宗皇帝は、梨園の制を設けて自ら音楽を教習するなど、楽人や舞人を育成する制度を強化・整備した。[22]このため、玄宗朝の音楽文化レベルはかつてない高みへと達し、三百種類もの楽器が演奏されるという隆盛をみるに至ったのである。こうした唐代音楽の精華は日本にも伝幡し、正倉院御物として今に伝えられている。

Ⅱ部　東アジアの琴《きん》受容

三　中国の七絃琴[23]

七絃琴は〈琴《きん》〉と呼ばれ、古代より現代に至るまで中国で非常に尊ばれている楽器である。調絃は五音音階に基づく単純なものであるが、一絃多音であり左右の手法も繊細で複雑なため、演奏はたいへんに難しい。

琴《きん》の歴史は古く、起源は神話時代にまでさかのぼる。その創造者としては伏羲・神農・舜など伝説的な皇帝があてられているが、確かなことはわからない[24]。しかし、『詩経』の詩に琴《きん》と瑟が登場していることから[25]、西周時代（前一〇四四〜前七七一年）には瑟とともに琴《きん》がすでに用いられていたことがわかる。また孔子がこの楽器を愛用して自ら作曲までしたと伝えられており、後世に現れるかなりの数の琴曲がこの時代にまでさかのぼりうるとされていることから、春秋時代には相当数の琴曲が存在したことが推察される。

琴《きん》は漢代には儒教の思想を反映し、『風俗通[26]』に「雅琴者楽之統也　與八音並行　然君子処常御者　琴最親密　不離於身」とあるように、君子必携の修養の具として尊ばれた。君子、貴人の間に広く普及し、蔡邕《さいよう》により『琴操』二巻が著されるなど、多くの琴書が編纂された。漢代は雅楽の基礎が確立された頃でもあり（第二章第2節参照）、琴《きん》は雅楽でも重要な地位を占めるようになった。ただし、現代に伝わるいわゆる琴楽とは、こうした雅楽における琴《きん》の音楽ではなく、俗楽として発展していったものをさすことに注意しなければならない。雅楽の琴曲には元来歌辞があり、琴《きん》は儀礼において琴歌をともなって演奏された。しかしこの他に、宮中儀礼以外の場でも、琴《きん》は奏者自らの愉しみのために演奏されるようになっていく。高度な器楽的技巧が駆使され、荘厳さよりも芸術性が志向されていくが、琴楽とは、このように琴《きん》に特化された音楽をいうのである。

漢代においては宮廷の雅楽に用いられる他、蔡邕や司馬相如などの民間知識階級の高尚な趣味として琴《きん》が弾かれた。ただし、音楽における儒教的束縛が強固だったこの時代には、個人的な弾琴もいまだ儒教理念の統制下にあった。琴楽が芸術的立場から提唱されるようになったのは、三国時代[27]である。この頃になると、竹林七賢人のような世俗を逃れて自然の中で文学や音楽を論じ合う文人墨客が輩出し、彼らの間に琴楽が浸透していった。

竹林七賢の一人である嵆康《けいこう》はことに、文章に優れまた琴《きん》の名手でもあった。多くの詩文とともに、「琴賦」「声無哀楽論」などの琴《きん》に関する著作を遺している。「声無哀楽論」とは、音楽を治世や民衆教化に役立てるものと考えていた伝統的儒家思想に対し、音楽そのものの美を主張したものである。この頃から琴楽はその音楽美を自由に愉しむものとして民間へと展開し、音楽内容も儒教的な簡素なものから、技巧的な曲へと発展した。

唐代になると西域音楽の隆盛により琵琶や箏などの西域楽器が爆発的な流行をみせ、その蔭で琴《きん》の需要は退潮したかにみえる。しかしその実、この時代の琴《きん》は、君子の楽器としての伝統を揺曳しつつ音楽としての新たな段階に踏み込んでいた。より簡便な記譜法である「減字法」が考案されたことから、多くの琴譜が刊行されるようになったのである。(28) こうして琴《きん》は生活楽器の一つとしてではなく、〈琴楽〉として特化され、愛好家の熱心な支持のもと独自の発展を遂げていくようになる。唐代には雷氏のごとき著名な斲《たく》琴家（琴を造る職人）も現れた。

そしてこのころ東アジアの国々にも琴《きん》が伝播していく（四、五章参照）。『三国史記』「楽志」には晋から高句麗に琴《きん》が送られたことが記されている。(29) また日本へは奈良時代に中国から伝わり、正倉院所蔵の金銀平文琴などが現存する。

明・元の時代には琴楽は道家の思想も吸収し、演奏の場・奏法などに厳しい規制を課すなど、音楽面ばかりでなく精神面においても確固たる体制を確立してめざましい発展を遂げた。明代には、三百曲以上もの琴曲と百余種の琴書が刊行されたという。こうして完成された琴楽は、その後しばらくの途絶があったものの、現代に復興され、受け継がれている。

四　朝鮮半島の琴——玄琴と加耶琴(30)

『三国史記』(31)には、新羅楽の楽器として三絃三竹などが挙げられている。三絃とは玄琴・加耶琴・琵琶をいうが、このうち玄琴と加耶琴についてはさらに詳細な由来が記され、両者が単なる楽器というにとどまらない特異な位相において捉えられていることがうかがわれる。

1．玄琴

玄琴は六絃十六棵の絃楽器で、右手に持った細長い棒（匙）で絃を打つようにして演奏する。朝鮮音楽史を通じて音楽芸術の中核をなす楽器であり、朝鮮王朝（一三九二～一九一〇年）には心身修養の楽器として七絃琴の理念を受け継ぐものとみなされ、学問と徳を治めるソンビの世界で琴《きん》に換えて愛好された(32)。このような玄琴と七絃琴とのかかわりの深さは、『三国史記』が記す誕生の由来にすでにみることができる。

新羅古記云　初晋人　以七絃琴送高句麗　麗人雖知其為樂器　而不知其聲音　及皷之之法　購國人能識其音而皷之者　厚賞　時第二相　王山岳　存其本様　頗改易其法制而造之　兼製一百餘曲以奏之　於時玄鶴來舞　遂名玄鶴琴後但云玄琴　（『三国史記』巻三二「楽志」）

昔、中国の晋の人が高句麗に七絃琴を送ってきた。高句麗人はその演奏法を知らなかったので、褒賞を設けてこれを弾ける者を求めた。そのとき、王山岳がこの七絃琴を作り直し、同時に百余りもの曲を作曲して演奏した。すると黒い鶴が舞い降りたので、新造のこの琴を玄鶴琴と名付けた。後にはただ玄琴というようになった。

この記載によれば、玄琴の起源は高句麗時代にあることになる。実際の構造から考えると七絃琴がそのまま玄琴の祖型であるとは考えられないのだが、「新羅統一時代には玄琴は神琴として新羅孝昭王の内庫に保存され[33]」たらしく、『三国史記』が編纂された高麗時代以降には、男性知識階級を中心に民間でも愛好された。玄琴に七絃琴の権威が援用されたのは『三国史記』編纂時の要請によるものかとも思われるが、いずれにせよ、七絃琴の理念を重ねられた絃楽器が朝鮮半島を代表する民族楽器として重んじられ、現代に至っていることは注目に値するだろう。

2. 加耶琴

加耶琴は十二絃の琴で、尾部に羊の耳に似た緒留め（羊耳頭）をそなえているのが特徴である。

現在朝鮮半島で加耶琴と呼ばれている楽器には、正楽（広義の雅楽）用と民俗楽用の二種があり、民俗楽用の加耶琴はやや小ぶりで羊耳頭が退化しているのに対して、正楽用は本来の形をほぼ遺す。正倉院北倉には現存最古の加耶琴「金薄押新羅琴・金泥新羅琴」が所蔵されているが、これらに「新羅琴」の名が用いられているのは、奈良時代に伝来したさい、新羅楽の主要楽器として伝えられたからであった。後述するように、加耶琴は加耶からまず新羅に伝わり、新羅からさらに日本にもたらされたのである。

新羅時代、加耶琴は玄琴・琵琶とともに新羅楽に欠かせぬ楽器として重んじられた[34]。しかし李朝時代になるともっぱら玄琴が用いられるようになり、李朝後期になって再び加耶琴が復興したときには正楽からは離れ、民謡などの伴奏用として広く弾かれるようになって現在に至っている。

『三国史記』「楽志」には加耶琴の起源も記されている。

羅古記云　加耶国嘉実王見唐之楽器而造之　王以謂諸国方言各異声音　豈可一哉　乃命楽師省熱県人于勒　造十二曲　後于勒以其国将乱　携楽器投新羅真興王　王受之　安置国原　乃遣大奈麻注知　階古　大舎万徳伝其業　三人既伝十一曲　相謂曰　此繁且淫　不可以為雅正　遂約為五曲　于勒始聞焉而怒　及聴其五種之音　流涙歎曰　楽而不流　哀而不悲　可謂正也　爾其奏之王前　王聞之大悦　諫臣献議　加耶亡国之音　不足取也　王曰　加耶王淫乱自滅　楽何罪乎　蓋聖人制楽　縁人情以為樽節　国之理乱不自音調　遂行之以為大楽　加耶琴有二調　一河臨調　二嫩竹調　共一百八十五曲　（『三国史記』巻三二「楽志」）

新羅の古い記録によれば、加耶国の嘉実王は唐の楽器を見てその琴を造らせた。王は「諸国の方言は各々その声音が異なる。どうして一つにする必要があるだろうか」といって、省熱県出身の于勒《うろく》に命じて十二の曲を作らせた。その後、加耶国が乱れそうになったので、于勒は楽器を携えて新羅の真興王に降った。王は彼を受け入れて、国原に安住させた。そして于勒のもとに注知・階古・万徳を派遣し、その音楽を学ばせた。三人は十一曲を学び終えたとき、「これらの音曲は繁雑で淫乱である」と話し合って、五曲に簡略化した。于勒はこれを聞いてはじめは怒ったが、その五種の音曲を聴くと涙を流して感歎し、王の前で演奏することを許した。王はこれを聞いてたいへん喜んだ。諫臣が「加耶琴は亡国の音楽で、とるに足りません」といったが、王はこれに対して、「加耶王は自らの不徳によって自滅したのである。加耶の音楽に何の罪があろうか。国の治乱は音楽の調べによるものではない」といって、ついにこの加耶楽を行い、大楽とした。

加耶琴は加耶国の嘉実王が中国の楽器を見て造ったもので、後に于勒に命じて諸国の音楽の特色を活かした十二の曲を作曲させたという。『三国史記』にはこれらの曲名も挙がっているが、十二曲のうち九曲までが地方の名称をつけたものであることから、これらの曲は各地の俗楽を楽曲化したものと思われる。

古代朝鮮半島南部にあった「加耶」はかつては一国と考えられていたが、現代では小国家群だったとみなされている。さらに田中俊明は、「加耶」を、大加耶国を盟主とする新羅・百済に属さない小国家群による連盟国家であると考え、これを「大加耶連盟」となづけた[35]。彼によれば、于勒十二曲に見える地名はこの「大加耶連盟」の主要な国々であり、嘉実王は独立した国家群による連盟の紐帯を強めるために加耶琴とその琴曲を作らせ連盟の象徴としたのだという。

一般に伝説として扱われているこの記事をどこまで歴史的事実に近づけうるかには慎重であるべきだろうが、加耶琴の扱いには確かに、ふつうの楽器には収まり切らない重みが感じられるといっていいだろう。

加耶琴を造らせた嘉実王は、大加耶国の王である。そして、歴代の大加耶王が連盟の他国に対し命令権や保護権を発動していることからみて、大加耶王は大加耶連盟の中でも大王として主導的な権力を有していたと思われる。そういった王が中国の楽器をまねて新しい絃楽器を創らせ、さらに自らが少なからぬ支配権を握っている地域の音曲をベースとした琴曲を創作させたというのである。ここに誇示されるのは連盟の紐帯というばかりでなく、連盟の盟主としての大加耶国の優越的な立場であるように思われる。嘉実王が加耶琴十二曲の作曲を命じた背景には、中国歴代の皇帝が楽府に命じて版図下の国々の俗楽を収集し、自国の音楽に採り入れていったのと同様な意識が感じられるだろう。また、記事後半に語られる、加耶琴の曲を矯正した後に新羅の音楽に組み込むという加耶琴が新羅に伝わった経緯はまさに、中国の楽府が行った活動と重なっている（第二章第2節参照）。

三章に見たように、七絃琴の起源は聖帝とよばれるような古代の帝王たちにことよせられていた。同様に玄琴や加耶琴を王の創始（あるいは王命による創始）であると伝えることは、外来ならぬ在来の楽器としてその楽器を権威づけるとともに、創始者である王の称揚でもあるはずだ。加耶琴の場合、この楽器を創始した大加耶の嘉実王と、その音楽を正して取り込んだ新羅の真興王と、二人の王が頌されていることになる。そして、加耶琴のもととなった「唐之楽器」が七絃琴だったとは限らないものの、「唐」の「（絃）楽器」が加耶琴の正統性を裏付けうるのはもちろん、中国における七絃琴の神聖性を背景にしてこそであろう。

玄琴・加耶琴はいずれも、朝鮮半島において民俗音楽の主要楽器として愛好されたばかりでなく、その起源においては、王や国家の威光を象徴する宝器的なものとして尊ばれていたと思われる。そしてその尊貴性の根ざしは、古代中国で尊奉された七絃琴にあったのである。

五　日本の七絃琴

1．日本上代における琴《こと》と礼楽思想

日本でもまた、倭琴《やまとごと》（和琴）が古くより在来の絃楽器として尊ばれている。朝鮮半島の国々と密接な交流のあった古代日本で琴類はいかなる存在として扱われていたのだろうか。

現代日本の琴《こと》といえば箏の琴、また和琴や琵琶などがある。しかし、弥生時代や古墳時代の遺跡からは、これら現代の絃楽器と必ずしも直接にはつながらない、何種類かの異なる系統の絃楽器が出土している。また、記紀・万葉・風土記などの上代文学に見られる琴《こと》も、未分化で、そのほとんどが種類を特定できない。そして、琴《こと》の種類にかかわらず、以下にみるように、上代文献の琴《こと》にはすでに儒教的な思想が仮託されている。

日本古代の琴《こと》は、古くより祭祀権の象徴として尊ばれていた。①は、大国主命が根の堅洲国から脱出する際に盗み出した、天の沼琴に関する『古事記』の記事である。

①天の沼琴（『古事記』神代　小学館日本古典文学全集）

（大穴牟遅神ハ）五百引の石を其の室の戸に取り塞へて、其の妻須世理毘売を負ひて、即ち其の大神の生大刀と生弓矢と、及其の天の沼琴を取り持ちて逃げ出でます時、其の天の沼琴

樹に払れて、地動み鳴りき。

ここでは生大刀・生弓矢が武力的支配権を象徴しているのに対し、天の沼琴は宗教的な支配権を象徴していると考えられる。しかしまた、本来的な性格と思われるこうした祭祀権以外に、②のように、儒教的な性格が琴《こと》に付与される例もみることができる。

②八絃の琴（『古事記』清寧天皇）

爾に逐に兄儛ひ訖へて、次に弟儛はむとする時、詠為て曰はく、

物部の　我が夫子の　取り佩ける　大刀の手上に　丹画き著け　其の緒は　赤幡を載り　赤幡を立てて　見れば五十隠る　山の三尾の　竹をかき苅り　末押し縻すなす　八絃の琴を調ぶる如　天下治め賜ひし　伊那本和気天皇の　御子市辺之押歯王の　奴末

といひき。

「八絃の琴を調ぶる如　天下治め賜ひし」とは、王による理想的統治を琴《こと》の調べに喩えたものであり、礼楽思想的な表現といえるだろう。この八絃の琴は日本在来の絃楽器ではなく外来のものであった可能性もあるが、次の③の例でははっきりと、日本の琴《こと》に儒教思想がこと寄せられている。

③梧桐の日本琴（角川文庫『万葉集』巻五　八一〇・八一一番歌）

梧桐の日本琴一面対馬の結石の孫枝なり

この琴、夢に娘子に化りて曰はく、「余、根を遥島の崇巒に託せ、幹を九陽の休光に晞す。長く煙霞を帯びて、山河の阿に逍遙す、遠く風波を望みて、雁木の間に出入す。ただに恐る、百年の後に、空しく溝壑に朽ちなむことのみを。たまさかに良匠に遭ひ、斮りて小琴に為らる。質麁く音少なきことを顧みず、常に君子の左琴を希ふ」といふ。すなはち歌ひて曰はく、

810 いかにあらむ日の時にかも声知らむ人の膝の上我が枕かむ

僕、詩詠に報へて曰はく、

811 言とはぬ木にはありともうるはしき君が手馴れの琴にしあるべし

この例では日本古来の「梧桐の日本琴《やまとごと》」が「君子の左琴を希ふ」ている。娘子の言葉は、儒教で琴《きん》を君子必携の修養の具とする「右書左琴」の理念を踏まえてのものである。

このように我が国の上代文学には、かなり早い段階からの礼楽思想受容がうかがわれる(36)。それは一つには、日本が中国と対等の中華であろうとしたためであったのだろう。中国漢民族は古くより、中華思想と呼ばれる世界観をもっていた。中華思想では、天命を受けた天子（皇帝）が支配する自国を、高度な文化を持つ中華（世界の中心）と考える。それに対して、周辺諸民族は徳化が及ばぬ劣った夷狄として区別される。そして天子には、その徳によって周辺諸国を徳化する義務があった（王化思想）。その徳化の基準は儒教の礼である。

こうした中華思想を踏まえ、小国がしのぎをけずっていた古代東アジアの諸国は、中国に朝貢し冊封を受けた。超大国中国の後ろ盾を得て自国の安泰をはかるためである。冊封とは、天子の徳を慕って朝貢してきた国に中国皇帝が王位を与え、その支配下に組み込むという制度であり、我が国でも、邪馬台国の卑弥呼や倭の五王などはこの冊封を受けていた。中国の優位を認め、朝貢国の立場に甘んじていたことになる。

しかし、倭の五王より約一世紀の空白をへて、隋の時代に再び中国と国交を開始したとき、日本の対中国外交姿勢は一変していた。推古一五（六〇七）年の遣隋使小野妹子が皇帝にもたらした国書にある「日出づる処の天子、書を日没する処の天子に致す。つつがなきや」とは、天皇と中国皇帝をともに天子と称して対等の関係を主張する文言である。混乱の続く朝鮮半島との緊迫した関係にあった当時において、すでに隋に冊封されている朝鮮諸国よりも上位に立とうとする目的から示された姿勢であった。

もちろん、実際には日本は従来通り中国の朝貢国という立場であったのだが、少なくとも冊封を受けることは一度もなかった。これより後の日本は、中国に対しては朝貢を続けながら、それ以外の朝鮮諸国や自国内に対しては中華の立場で接するという使い分けをしていく。中華意識は中国に学んだ朝鮮諸国や渤海にもみられるものだが、中国を除いては、日本ほど強く中華であることを主張した国はない。以降の日本は新羅や渤海に執拗なまでに朝貢を強要し、華

夷秩序の遵守にこだわり続けたのだった。(37)

したがって、日本の礼楽思想受容は中国に徳化された結果ではなく、自らが中華として外国を王化するための統治理念としての受容であったことが推察されよう。

こうして受け入れられた礼楽思想は、国内に向けては天皇家の権威化に利用された。『続日本紀』天平一五年五月五日条には、聖武天皇皇女阿倍内親王が自ら五節田舞を舞ったという記事がみられる。

④阿倍内親王、五節田舞を舞う（『続日本紀』天平一五年（七四三）五月五日条／新日本古典文学大系　岩波書店）

癸卯、群臣を内裏に宴す。皇太子、親ら五節を儛ひたまふ。右大臣橘宿禰諸兄、詔を奉けたまはりて太上天皇に奏して曰はく、「天皇が大命に坐せ奏し賜はく、掛けまくも畏き飛鳥浄御原宮に大八洲知らしめしし聖の天皇命、天下を治め賜ひ平げ賜ひて思ほし坐さく、上下を斉へ和げて動无く静かに有らしむるには、礼と楽と二つ並べてし平けく長く有べしと神ながらも思し坐して、此の舞を始め賜ひ造り賜ひきと聞き食へて、天地と共に絶ゆる事無く、いや継に受け賜はり行かむ物として、皇太子斯の王に学はし頂き荷しめて、我皇天皇の大前に貢る事を奏す」といふ。是に於て太上天皇詔報して曰はく、「現神と御大八洲我子天皇の掛けまくも畏き天皇が朝庭の始め賜ひ造り賜へる国宝として、此王を供へ奉らしめ賜へば、天下に立て賜ひ行ひ賜へる法は絶ゆべき事はなく有りけりと見聞き喜び侍り、と奏し賜へと詔りたまふ大命を奏す。また今日行ひ賜ふ態を見そなはせば、直に遊とのみには在らずして、天下の人に君臣祖子の理を教へ賜ひ趣け賜ふとに有るらしとなも思しめす。是を以て教へ賜ひ趣け賜ひながら受け賜はり持ちて、忘れず失はずあるべき表として、一二人を治め賜はなとなも思しめす、と奏し賜へと詔りたまふ大命を奏し賜はくと奏す」とのたまふ。因りて御製歌に曰はく、「そらみつ大和の国は神からし貴くあるらしこの舞見れば」といふ。

傍線部に示されているのは、国民をうまく統治して世の平安を確立するためには礼楽が有効であり、礼楽によって国民に「君臣祖子の理」を教えることが出来るという、礼楽思想にのっとった儒教的政治理念である。こうした演出の背景には、奈良末の皇嗣争いにより男子の皇位継承者がいなくなり、やむなく立てられた初の女皇太子である阿倍内親王を容認させなければならないという事態があった。礼楽思想を阿倍の権威付けに利用したのである。

しかし、日本上代の琴類にみられる儒教的思想は、このような政教的な理念ばかりではない。増尾伸一郎は上代の和歌や漢詩文を検討した上で、日本古代の知識人層の音楽観、特に琴《きん》に寄せる音楽観には、儒教的な統治理念としての礼楽思想だけではなく、隠逸思想に根ざす側面もあることに注意をうながしている(38)。また西野入篤男も、『懐風藻』所収の漢詩文の検討を通じて、特に個人において、琴《きん》には儒教的礼楽思想と隠逸思想（脱俗意識）の両方が見られることを明らかにしている。[39]

⑤藤原宇合詠詩（『懐風藻』88、89　講談社学術文庫）

88暮春南池に曲宴す

地をえて　芳月に乗じ
池に臨んで　落暉を送る
琴樽　何れの日にか断たむ
酔裏　帰ることを忘れず

89常陸に在りて倭判官が留りて京に在るに贈る

われ若冠にして王事に従ひしより
風塵歳月　かつて休せず
帷を褰げてひとり坐す　辺亭の夕
榻を懸けて長く悲しむ　揺落の秋
琴瑟の交　遠く相ひ阻たり
芝蘭の契　接するに由なし
由なしなんぞ見ん　李と鄭と

別ありなんぞ逢はむ　逵と猷と
心を馳せて悵望す　白雲の天
語を寄せて徘徊す　明月の前
日下の皇都　君玉を抱く
雲端の辺国　われ絃を調ふ
清絃化に入つて　三歳を経
美玉光を韜んで　幾年をか度る
知己の逢ひ難きこと今のみにあらず
忘言遇ふこと罕なる　従来然り
為に期す風霜の触るるを怕れず
なほ巌心松柏の堅きに似んことを

『懐風藻』88・89はともに藤原宇合の詠である。88の詩には琴《きん》・酒・詩の三友に親しむ悠々とした隠者的生活が詠まれている。かたや89の傍線部は、地方行政に刻苦勉励するよりも、ただ琴《きん》を三年弾き人民を教化する方が地方が良く治まったという礼楽思想的な故事を踏まえた表現である。

このような琴《きん》の二面性は、中国の琴《きん》にすでにあった、礼楽思想の宝器としてのありようと、その礼楽の堅苦しさに反発して芸術美を重視した嵇康ら清談家の愛玩具としてのありようとに起因する。我が国の漢詩において早くから隠逸思想上での琴《きん》がみられるのは、おそらく、国家が儒教の聖典から礼楽の宝器としての琴《きん》を受容したのに対し、個人はもっぱら漢詩から琴《きん》を学んだためなのだろう。この頃には実際に琴《きん》が愛好されたという記録はまだない。漢詩における琴《きん》は、いわば漢詩表現の一つとして学ばれたものだったと思われる。

2．天皇家と七絃琴

a．礼楽・琴《きん》の受容

『源氏物語』をはじめとする物語文学においては、琴《きん》を演奏する人物が皇統に限られていることがつとに指摘されてきた(40)。そして近年の研究によって、こうしたありようが実は史実に重なっていることが明らかにされてきている。

小島美子は、埴輪や出土品として各地に見られた琴《こと》類がその後全く影を潜め、天皇家を中心とした中央だけで用いられるようになっていることから、天皇家が琴《こと》類を王権の象徴として民間では用いないように圧力をかけた疑いがあるのではないかと述べている(41)。つまり、皇室が琴《こと》類の独占をはかったのではないかということだが、これはその後の歴史状況から考えてもありえないことではない。摂関期の御遊における楽器の演奏者について調査した豊永聡美(42)によれば、琴《きん》が演奏されたのは九〇二〜九七三年というごく一時期に限られ、しかも演奏者は醍醐・村上の二人の天皇と貞保・克明・長明・重明・章明の五人の親王だけだという。まさしく、皇室が独占しているのである。

あるいはさらに進めて、琴《きん》は皇室が独占するために意図的に輸入されたと考えられるのかもしれない。琴《きん》の楽器そのものは奈良時代にはすでにもたらされていたと考えられるが(43)、当時それらが演奏される場合の奏者はほとんどの場合、渡来人だっただろう。奏法が体系的に伝えられたのはおそらく延暦二三年(八〇四)・承和五年(八三八)の遣唐使によると思われる。原豊二は、この二度の遣唐使には音楽に長けた人物が目立って採用されていることを指摘し、この派遣においては、諸般の学問のみならず音楽の輸入も大きな目的であったとの見解を示している(44)。楽器やその演奏法・楽譜・舞などが国家政策として輸入されたというのである(45)。これらの遣唐使が派遣された時代は、平安遷都を果たした天皇家が支配の基盤を固めようとした時期にあたる。そうした時期に、支配理念としての礼楽を実践すべく国家規模での音楽輸入がはかられた可能性は否定できないだろう。

吉備内親王の五節舞にみたように、奈良時代においてすでに、王権権威化のために礼楽が輸入・利用されていた。しかし、礼楽制度の受容としての唐楽演奏はみられるものの、奈良時代に琴《きん》を演奏した記録は残っていない。荻美津夫によれば「平安初期の雅楽寮では、倭楽と唐楽、高麗楽、百済楽、新羅楽とに分けられており、令制における定員数は倭楽には師と生など合わせて二六四人、唐楽・高麗楽・百済楽・新羅楽・伎楽の楽師と楽生など合わせて一四八人となり、倭楽すなわち古来の音楽を基本に据える考えがあったことが知られ」(46)（傍線筆者）るという。豊永聡美もまた、「平安時代に、宇多法師が『御多良之＝御手鳴（天皇が奏でる楽器）』と称されていたことからしても、当時の宮廷社会において宇多法師や朽目といった和琴が特別な楽器であったことがわかる」(47)といっている。

　すなわち、古代日本の宮廷音楽の中心はあくまでも倭楽という日本古来の音楽であり、絃楽器で尊ばれたのもまた、神琴とされた和琴だったのである。日本の音楽の中心に古来の宝器としての和琴がすでに重んじられていたために、琴《きん》の理念が和琴に敷衍されつつも、琴《きん》そのものは受容を急がれなかったのであろう(48)。朝鮮半島において七絃琴との関係を強調されながらも、現実に尊重されたのは玄琴や加耶琴という在来絃楽器だったのと同様の現象が、わが国にもみられたのだ。だからこそ琴《きん》の受容は遅れ、延暦・承和の遣唐使による音楽輸入、それに引き続く仁明天皇による楽制改革を待たねばならなかったのではないだろうか。

琴《きん》がさかんに演奏された醍醐・村上朝は、後世からは聖代と讃えられているものの、実際には崩壊しつつあった律令体制の立て直しをはかった時期である。そうした時代に限定してみられる琴《きん》の広まりは、単なる流行とは考えられない。そもそも琴《きん》は奏法が難しく、本場中国の唐においてすら、由緒正しいものの娯楽楽器としては好まれなくなっていた。たとえば白居易は、西からもたらされた琵琶の流行に圧されて琴《きん》が廃れていくのを惜しむ詩を作っている。日本でも、一条朝には早くも途絶し調度品として尊ばれるだけとなってしまうのである。琴《きん》の習得にはたいへんな才能と努力が必要だったはずであり、醍醐・村上を中心とする特定時期の天皇・親王が琴《きん》に熟達した背景には、たんに楽器として愛好する以上の熱意があったのではないかと想像される。

b・琴《きん》と后妃《きさき》たち

ところでこの時期、琴《きん》が女性にも演奏されている点には興味を引かれる。琴《きん》は本来、君子の楽器、つまり男性の弾くものであった。もちろん中国にも女性奏者はいたが、宮廷の美女や上流婦女子たちは、奏法が容易で華やかな音色の箏と琵琶をより好んだのである。ところが日本の宮廷には、藤原芳子・徽子女王のように、琴《きん》を弾く后妃《きさき》たちがいるのだ。

『枕草子』には、中宮定子が自分に仕える女房たちに、村上天皇女御・藤原芳子が受けた后教育について語る場面がある。

⑥『枕草子』「清涼殿の丑寅の隅の」（角川文庫）

（宮）「村上の御時に、宣耀殿の女御と聞えけるは、小一条の左の大臣殿の御女におはしけると、誰かは知りたてまつらざらむ。まだ姫君と聞えける時、父大臣の教へきこえたまひけることは、『一には、御手を習ひたまへ。次には琴《きん》の御琴を、人より異に弾きまさらむとおぼせ。さては、古今の歌廿巻を皆うかべさせたまふを、御学問にはせさせたまへ』となむ、聞えたまひける、と、きこしめしおきて……

芳子は入内前から后教育として、書道の練習・琴《きん》の熟達・古今集の丸暗記を父師尹に課せられていたというのである。これに続く部分では、話題は村上天皇が芳子に古今集の口頭試問をしたことへ流れていく。しかし本稿では「琴《きん》の御琴を、人より異に弾きまさ」ることが后となる重要な素養の一つに数えられていること、そして、后にまつわるそういった逸話を、自らも一条天皇の后妃《きさき》である定子が語っていることを重視したい。定子の時代にはすでに琴《きん》は廃れているが、この楽器にまつわる逸話は后妃《きさき》を中心に宮廷に語り継がれていたことがうかがわれる。

また、重明親王の娘、徽子女王も琴《きん》の奏者である。徽子は伊勢の斎宮となった後、村上天皇に入内して斎宮女御と呼ばれた。徽子の父重明親王と村上天皇はともに醍醐天皇の皇子で、異母兄弟の間柄である。村上天皇は異腹の兄であった重明親王をたいへん慕っていたといわれている。その娘である徽子は村上には姪に当たるが、皇室の巫女という経歴をもち、敬愛する兄の娘でもあることは、村上が徽子の入内を望むに十分な理由であったろう。

村上天皇の後宮には安子（師輔女）や芳子といった女性たちがおり、徽子は必ずしも帝寵厚い女御ではなかった。しかし彼女は、琴《きん》の名手であるという一点で村上から重んじられたようである。約四割が村上天皇との贈答歌で占められている『斎宮女御集』には、徽子の弾琴を聞きつけた村上が身繕いもそこそこに駆けつけ聞き入ったという逸話が載せられている。

⑦『斎宮女御集』（新編国歌大観／私家集編Ⅰ）

うへ、ひさしうわたらせ給はぬ秋のゆふぐれに、きむをいとをかしうひき給ふに、上、しろき御ぞのなえたるをたてまつりて、いそぎわたらせ給ひて、御かたはらにゐさせ給へど、人のおはするともみいれさせたまはぬけしきにてひき給ふを、きこしめせば

15秋の日のあやしきほどのゆふぐれにをぎふくかぜのおとぞきこゆる

先に見た豊永聡美の調査によれば、徽子の父重明親王は御遊で独占的に琴《きん》演奏を担当した琴《きん》の名手であった[49]。徽子はこれを継承していたのである。しかし、ただ娘に琴《きん》を伝えたという以上の思い入れが重明親王にはあったのかもしれない。徽子の「徽」とは「しるし」の意味であるが、琴《きん》においては、左手で音の高さを調節する際の目印として表面につけられたしるしを「徽」というからである。琴《きん》の部分名をとって娘に名づけ、またその娘に琴《きん》の演奏法を伝え、自らも御遊での琴《きん》の演奏を担っていた重明には、ただならぬ琴《きん》への想いが感じられよう。皇室による琴《きん》の独占受容が実際にあったことであるならば、彼は受容の中核を担う存在だったのではないだろうか。

『うつほ物語』でもまた、俊蔭一族以外で琴《きん》を演奏する女性は、あて宮・袖君といった入内する人々である。そもそも古来より、日本における琴類と女性との縁は深かったのであった。

たとえば、前掲の資料③では大和琴が娘子に化していた。また『日本書紀』武烈紀には、

⑧『日本書紀』巻第十六武烈天皇（日本古典文学大系　岩波書店）

太子、影媛に歌を贈りて曰はく、

琴頭に來居る影媛　玉ならば　吾が欲る玉の　鰒白珠

と、琴頭には影媛という女神が宿ると歌われている。さらに「琴取れば嘆き先立つけだしくも琴の下樋に妻や隠れる」（『万葉集』一一二九）もまた、琴《こと》に亡き妻の魂が籠もっていると詠む。

こうした琴《こと》と女性の結びつきの起源は、神功皇后伝承にみられるような、祭祀の場だったのであろう(50)。王家の祭祀に女性が大きな役割を果たすというのは、天皇家の支配のあり方の大きな特徴といえる。儒教的な考えでは女性は王にはなれないが、日本には巫女王としての卑弥呼があり、また、伊勢や賀茂の斎王といった存在もある。日本で琴《きん》が后妃《きさき》たちにも演奏されたのは、天皇家の王権にかかわる女性の存在の大きさが反映されたものと考えられよう。

3．『うつほ物語』の秘琴の名称

『うつほ物語』冒頭部、遣唐副使として派遣された俊蔭は、漂流と長い放浪を経て秘琴を手に入れる。

⑨俊蔭漂流譚（『うつほ物語』俊蔭巻　室城秀之校注『うつほ物語　全』おうふう）

唐土に至らむとするほどに、仇の風吹きて、三つある船、二つは損なはれぬ。多くの

人沈みぬる中に、俊蔭が船は、波斯国に放たれぬ。……三人の人、問ひて言はく、「かれは、何ぞの人ぞ」。俊蔭答ふ、「日本国王の使、清原俊蔭なり。ありしやうは、かうかう」と言ふ時に、……阿修羅、大きに驚きて言はく、「汝は、何ぞの人ぞ」。俊蔭答ふ、「日本国王の使、清原俊蔭。」……阿修羅、木を取り出でて、割り木作る響きに、天稚御子下りましまして、琴三十作りて上り給ひぬ。かくて、すなはち、音声楽して、天女下りまして漆塗り、織女、緒縒り、すげさせて、上りぬ。……天人の言はく、「……天の掟ありて、天の下に、琴弾きて族立つべき人になむありける。……この三十の琴の中に、声まさりたるをば、我名づく。一つをば南風とつく。一つをば波斯風とつく。この二つの琴をば、かの山の人の前にてばかりに調べて、また人に聞かすな」とのたまふ。「この二つの琴の音せむ所には、娑婆世界なりとも、必ず訪はむ」とのたまふ。……仏、渡り給ひて、……「…日本の衆生、この因縁に、生々世々に、仏に会ひ奉り、法を聞くべし。また、この山の族、七人にあたる人を、三代の孫に得べし。その孫、人の腹に宿るまじき者なれど、この日の本に契り結べる因縁あるによりて、その果報豊かなるべし

『うつほ物語』が、国家使節としての遣唐使の話から始まるということを重視したい。波線部分にあるように、俊蔭はくり返し「日本国王の使い」であると名乗り続けた末に秘琴を手に入れる。予言を与える仏も、俊蔭に「日本の衆生」と呼びかけている。つまり、秘琴やそれにま

つわる予言はすべて「日本」という「国」を意識して俊蔭に与えられているのである。したがって、俊蔭が琴《きん》の祖として一族を立てるという予言は、たんに俊蔭一族の繁栄をいうのではなく、日本国の行く末にまつわる予言として与えられていると理解されなければならないはずだ。

こうした、国家にまつわる琴《きん》という性格をより端的に表しているのが、秘琴中の秘琴、「南風」「波斯風」という二つの琴《きん》の名称である。[51]「南風」については、舜が五絃の琴《きん》を弾いて南風の歌をうたったという故事によることが早くから指摘されていた。儒教で尊ばれる楽器としてふさわしい命名である。ところが「波斯風」については、ただ「波斯はペルシャである」[52]ということが分かるだけで、この名がつけられた意図は長く未詳のままであった。

波斯国、すなわちペルシャは古代ローマ（大秦）と並んで中国絹交易の主要な交易先であった。ペルシャの西にはさらにローマがあったが、ササン朝ペルシャの支配領域はシルクロードで必ず通過しなければならないルートに位置していたため、ペルシャは常にローマに立ちはだかり、陸・海のシルクロード交通網の中枢となって莫大な利益を上げていた。ペルシャは実質的に、シルクロード交易西端の終着点だったのである。

そしてシルクロードはまた、仏教伝播の道でもあった。中国における仏教興隆にともない、多くの僧たちがシルクロードを経てインド（天竺）への求法の旅を志している。中国僧だけではない。新羅や百済もまた中国から仏教を受容し、多くの僧たちをインドへと向かわせた。百済僧の謙益は海路にてインドを訪れ、また新羅の彗超は、アラブ（大食国《タージー》）やペルシャ（波斯国）にも至っている。

さらにシルクロードは、西域音楽の流入ルートでもあった。

つまり、シルクロードを行き交っていたのは絹をはじめとする交易品ばかりでなく、仏教や音楽といった文化もまた流通していたのである。そしてシルクロード要衝に点在するオアシス国家群が、こうした諸文化の融合地点となっていた。最大勢力であった亀茲《きじ》はとりわけ外来文化の吸収に優れ、中国・ギリシャ・ペルシャ・インド等の多くの古代文明がここで混和した。さらに亀茲は西域音楽の中心地でもあり[53]、西域地区で最も早く仏教が伝来し隆盛した国でもあった。亀茲は西に求法に向かう僧侶と西から布教に来る僧侶とが出会い、西域風の仏教音楽の響きに包まれながら、交錯する外来文化に目を奪われるといった国だったのである。

唐代の中国国内には数万の波斯人商人が居住していたという。日本でもまた、天平時代にすでに波斯人が来日していた記録がみられる[54]。こういった事実と、求法僧たちがシルクロードを通って天竺への旅をしていたことを考え合わせれば、求法僧たちにとって波斯国は決して、どこにあるのか見当もつかないような未知の国ではなかったはずである。シルクロードを行き交う商人や僧侶によって、仏教・西域音楽・外来文化が渾然と栄えるオアシス国家群を経た西の果てに、波斯国があることが語り広められていたはずだ。そして、シルクロードの時空が俊蔭が経巡った異郷に質的な重なりをみせるとすれば(55)、その果てにある仏の国と波斯国もまた、次元を異にしながらも重なる位相に意識されることになるであろう。

『うつほ物語』の秘琴に名付けられた「波斯」は現実的にはペルシャをさす。しかし求法僧の意識を反映すれば、波斯国は仏の国と等価の意味合いを帯びてくる。すなわち、儒教的な理念を象徴する「南風」という名に対し、「波斯風」とは、仏教的世界観を象徴する命名だったことが推察されるのである。

そして、求法僧たちが仏法を求めた背後には、鎮護国家を施政方針とする国家の意志があった(56)。そうだとすれば、儒教を象徴する「南風」と、仏教を象徴する「波斯風」とは、ともに国家の統治理念の象徴であるという点で共通してくることになるだろう。日本国の衆生として俊蔭が持ち帰った二つの秘琴は、国家統治の基盤となる二様の理念を象徴するものと理解できることになるのである。

俊蔭は二つの秘琴を含めて三〇面の琴《きん》を手に入れるが、彼はこれらを波斯国の「帝・后・儲けの君（皇太子）」に一つづつ贈り、また帰国後には「帝、后、春宮、春宮女御、そして左右の大臣」に贈っている。琴《きん》が贈られたのが国政の中枢にある為政者たちばかりであった点からも、『うつほ物語』の琴《きん》がその始まりにおいて、国家統治に関わる政教的な意味合いを担っていることがうかがわれるだろう。

結語　『うつほ物語』の琴《きん》と天皇家

かつて、『うつほ物語』は音楽芸術至上主義に立つ虚構性の強い物語と理解され、物語世界も史実から乖離しているとみなされがちであった。しかし、近年の研究によりこの物語が実はひじょうに専門的な歴史認識にもとづいて構築されていることが明らかになってきている。(57)そして本稿ではさらに、物語文学にみられた皇室による琴《きん》の独占が、史実の反映である可能性が高いことを指摘した。こうした『うつほ物語』と史実との近さを意識すれば、二つの秘琴に象徴される統治理念もまた、史実的な琴受容の思想的背景を反映しているとの推測も可能になるだろう。

『うつほ物語』が成立したのは折しも、皇室の人々によってさかんに琴《きん》が持て囃された時代（十世紀初～十世紀後半にかけて）の直後にあたる。そしてこの時期は、安和の変（九六九）によって藤原氏の他氏排斥が完了し律令政治が終わりを告げ、摂関政治がはじまったとされる頃であり、さらに『日本書紀』にはじまる国史の編纂が『三代実録』をもって途絶した折でもあった。

礼楽とともに歴史学もまた、儒教の柱の一つである。王の治世に役立てるため、終わった時代を批判的に問い直す史書編纂が儒教では重視された。日本においても、儒教を基本理念とした律令官人たちの国史編纂への情熱は鎮まりがたかったと思われ、国史途絶後しばらくをおいて、『栄華物語』『大鏡』をはじめとする仮名書きの歴史物語群が現れる。男性官人たちの間には、歴史叙述に伴う治世批判の視線が長く生き続けていたのであった。

『うつほ物語』の成立はまさに、そうした国史と歴史物語との狭間に位置する。儒教が本来的にもつ治世批判の目によって、この物語では仲忠・正頼といった潜在王権をもつといわれる主人公たちがつねに天皇を相対化し、天よりもたらされた秘琴が天皇の徳を問い続ける。物語文学の中でもひときわ際立つこの物語のこうした批判精神の本源には、儒教的批判精神を保ち続けた律令官人の熱意ばかりでなく、じっさいに琴《きん》の理念を尊びその独占的受容によって統治に役立てようとはかった、天皇家の志があったのではないかと思われる。

注

（1）それゆえに、禹・堯などの古代帝王たちがそれぞれ音楽を作り世を治めたという、多くの伝説が残されている。

（2）儒教の礼楽。天地・祖先を祀る儀式音楽で、各王朝各天子ごとに歌詞を新作した。民間から興った俗楽に対して正楽ともいう。

(3) 前漢が興った紀元前二〇二年から後漢の滅亡二二〇年まで。
(4) 中国史上最初の中央集権国家。紀元前二二一年に始皇帝が天下を統一。紀元前二〇六年に漢の高祖に滅ぼされた。
(5) 皇帝が自らを天子(天帝の子)と称して神格化をはかった。
(6) 万物は陰陽の二気によって生じるとし、五行(木・火・土・金・水)の消長によって天変や人事の吉凶を説明する古代中国の思想。
(7) 中国古代の予言説。陰陽五行説にもとづき、天変地異などによって運命を予測する。秦代に起こり、後漢に盛行した。
(8) 中国古代の神秘思想。仙人の存在を信じ、不老長寿の薬をもとめて錬丹術を生んだ。後に道教にとりこまれた。
(9) たとえば、漢の武帝は五四年にわたる在位期間中、熱狂的に仙境と不老不死の仙薬を追い求め続けた。
(10) 古来の巫術や老荘道家の流れを汲む中国漢民族の伝統宗教。のちには陰陽五行説・儒教・仏教も取り込んだ。
(11) 後漢の明帝(在位五七~七五年)は仏教を支持し、最初の仏教寺院である白馬寺を創建して、多くの仏典を翻訳させた。
(12) 魏・蜀・呉の三国が分立した二二〇年頃から南朝の陳が滅亡するまでの約三六〇年間。
(13) 魏・晋の交替期に世塵を避けて竹林に会し清談を事としたといわれる文人。嵆康・阮籍《げんせき》・阮咸《げんかん》ら七人。とくに嵆康は琴の名手で『琴論』を残している。

(14) 老荘の学。
(15) 隋、五八一〜六一九年。唐、六一八〜九〇七年。
(16) 民間に興った世俗化した音楽が興隆し、一時的に宮廷雅楽が衰退した。
(17) 紀元前二二一年の秦による天下統一以前の時代。
(18) 前漢末の学者（前七七〜前六）。著作に「説苑」などがあり、『史記』「楽書」も彼の「楽記」の転載よるとされる。
(19) 後漢の歴史家（三二〜九二）。『漢書』の編述にたずさわった。音楽的編著に『白虎通』がある。
(20) 燕楽ともいう。雅楽が儒教の礼楽であり宗廟などの儀式に用いられるために正式な音楽、すなわち正楽といわれたのに対し、その他の楽舞は広義に俗楽と称された。ただし、俗楽（燕楽）は儀式後の宴にて天子の御前で饗されたことから、雅楽と捉えることもある。
(21) 燕楽伎、清楽伎、西涼伎、高麗伎、天竺伎、亀茲伎、疏勒伎、安国伎、康国伎、高昌伎の十種。讌楽伎は、太宗の貞観十四年に作曲された大曲。雅・胡・俗三楽の融合を示す代表曲であったことから、十部伎の第一伎におかれた。また清楽伎は漢代俗楽の伝統を引き、中国固有楽を尊重した文帝により俗楽の代表として編入された。十部伎の中で唯一の純俗楽であり、俗楽器と雅楽器を主に用いて胡楽器はほとんど使わない。
(22) 玄宗朝に設置された音楽教習機関には教坊と太楽署があり、梨園はこの二つの主要機関から選抜された楽人妓女の集まりであった（岸辺成雄『古代シルクロードの音楽』講談社、一九八二年一二月。九一頁より）。

(23) 参考文献　三谷陽子『東アジア琴・箏の研究』(全音楽譜出版社、一九七五年六月)、瀧遼一著作集I~III『中国音楽再発見』楽器編・歴史編・思想篇(第一書房、一九九一年七月・一九九二年六月・一九九二年九月)。

(24)『琴操』は伏義、『風俗通』は神農、『礼記』「楽記」では舜が琴を作ったとしている。このうち神農・舜の琴は五絃琴とされていることより、古代の琴《きん》は五絃であったと推測される。宗の文王と武王、あるいは周の文王が二絃を加えて七絃琴になったと言い伝えられている。

(25)『詩経』小雅「鹿鳴」、国風「關雎」。

(26) 後漢末の応劭《おうしょう》が編纂。正式には『風俗通義』。多くの事物を解説し、俗説の誤りを正した書物。

(27) 後漢滅亡後、魏・蜀・呉の三国が鼎立した時代。魏の建国(二二〇年)から晋の統一(二八〇年)まで。

(28) 現存最古の琴譜は唐代の「碣石調幽蘭」。

(29) 次章に後述するように玄琴はこのときに琴《きん》を模倣して造られたと伝えられ、現在の朝鮮半島でも孔子廟の祭祀楽器として重んじられている。

(30) 参考文献、三谷陽子注23前掲書。

(31) 朝鮮の現存最古の史書。一一四五年成立。新羅・高句麗・百済三国の歴史を紀伝体に記す。以下、引用には井上秀夫訳注『三国史記』1・3巻(東洋文庫、平凡社、一九八〇年二月、一九八六年二月)を参考にした。

(32) 志村哲夫「韓国国楽の旅　玄琴　百楽之丈」コリアキネマ倶楽部、会報 on-line 九四号

http://homepage2.nifty.com/taejeon/kaiho/kaiho-94c.htm

（33）三谷陽子『東アジア琴・箏の研究』一六頁（注23前掲書）。

（34）『三国史記』「楽志」に、新羅楽は「三竹・三絃・拍板・大鼓《こ》・歌舞」からなるとされる。

（35）『大加耶連盟の興亡と「任那」 加耶琴だけが残った』（吉川弘文館、一九九二年八月）。

（36）日本への儒教伝来は百済より五経博士弾楊爾が献じられた継体七（五一三）年。五経博士とは、儒教で尊重される五経（＝易・書・詩・礼・春秋の五種の経典）の文義に通暁している学者。

（37）石井正敏『東アジア世界と古代の日本』日本史リブレット14（山川出版社、二〇〇三年五月）。

（38）増尾伸一郎「歌舞所・風流侍従と和琴師―古代音楽思想史の一面」（『〈琴《きん》〉の文化史 東アジアの音風景』アジア遊学一二六号 勉誠出版 二〇〇九年九月）。

（39）西野入篤男「『懐風藻』の〈琴〉―その用例と表現の特徴をめぐって」（注38前掲書所収）。

（40）たとえば『源氏物語』の琴《きん》演奏者は、光源氏・蛍兵部卿宮・末摘花・女三宮・八宮・薫・小野妹尼だけである。

（41）小島美子「音楽からみた日本のシャマニズム」『日本のシャマニズムとその周辺』（日本放送出版協会、一九八四年）。

（42）豊永聡美「王朝社会における王卿貴族の楽統」（『王朝文学と音楽』堀淳一編 平安文学と隣接諸学8 竹林舎 二〇〇九年一二月所収）。

（43）法隆寺に伝わる開元琴など、奈良時代の数面の琴が現存する。

(44) 原豊二「遣唐使と七絃琴―歴史と文学の間から」注38前掲書所収。

(45) 南谷美保も「おそらく、毎回の遣唐使が、何らかの音楽情報を唐から持ち帰っていたと推測される」という。「唐楽の伝来と遣唐使―その関与についての一断面を見る―」(神野藤昭夫・多忠輝監修『越境する雅楽文化』書肆フローラ 二〇〇九年九月)

(46) 荻美津夫「平安時代音楽史研究の課題」。注38前掲書所収。

(47) 豊永聡美「宮廷社会と楽器」。注38前掲書所収。

(48) 琴《きん》の理念や権威が付与された在来絃楽器がその国の音楽の中心楽器として尊ばれる例は、第四章で玄琴・加耶琴にもみた通りである。なお、和琴(倭琴)が尊ばれるようになった始源的段階ですでに七絃琴の影響があった可能性もあるだろう。

(49) 九三八~九五三年の御遊においてはほとんど重明のみが琴《きん》を担当している。

(50) ・神功皇后の帰神《かむがかり》(『古事記』仲哀天皇)

其の大后息長帯日売命は、当時帰神《かむがかり》したまひき。故、天皇筑紫の訶志比宮に坐しまして、熊曾国を撃たむとしたまひし時、天皇御琴を控かして、建内宿禰大臣、沙庭に居て　神の命を請ひき。是に大后帰神して、言教へ覚し詔りたまはく……。

・神功皇后の弾琴(『日本書紀』巻第九　神功皇后　摂政前紀　一云)

一に云はく、足仲彦天皇、筑紫の橿日宮に居します。是に神有して、沙麼縣主の祖内避　高國避高松屋種に託りて、天皇に誨へて曰はく、「御孫尊、若し寶の國を得まく欲さば、現に　授けまつらむ」とのたまふ。便に復曰はく、「琴将ち來て皇后に進れ」とのたまふ。則ち神の言に随ひて、皇后、琴撫きたまふ、是に、神、皇后に託りて、誨へて曰はく、……

(51) 琴に名をつける例は中国にもみられる。三大名器とされる繞梁琴・司馬相如の緑綺・蔡邕の焦尾琴など。

(52) 東南アジアとする説もある。

(53) 玄奘は『大唐西域記』において、「(亀茲の)管弦伎楽は特に諸国より善し」とのべている。

(54) 『続日本紀』天平八年八月二十三日条に、中臣朝臣名代が「唐の人三人、波斯人一人を率いて拝朝」したとある。

(55) 田中隆昭は俊蔭の旅と中国の天竺求法僧たちの旅行記との重なりを指摘している。また江戸英雄は、円仁が入唐僧として渡唐した時の記録である『入唐求法巡礼行記』との重なりを指摘する。田中隆昭「うつほ物語　俊蔭の波斯国からの旅」(『アジア遊学』3号　特集・東アジアの遣唐使　勉誠出版　一九九九年四月)、江戸英雄「長篇の序章、俊蔭物語の誕生―入唐僧の文学との関わりから」『うつほ物語の表現形成と享受』(勉誠出版　二〇〇八年九月)。

(56) 新羅から多くの求法僧が天竺を目指したのも、新羅が護国仏教を奉じたためであった。

(57) 西本香子「うつほ物語の生長力―物語の二つの発端から―」(『古代中世文学論考』第七集所収　新典社　二〇〇二年七月)、「『うつほ物語』王政へのまなざし―物語冒頭にみる歴史認識から―」(明治大学文学部紀要『文芸研究』第88号所収　二〇〇二年九月)、「『うつほ物語』と嵯峨の時代―律令官人による仮名物語―」(伊藤博・宮崎荘平編『王朝女流物語の新展望』竹林舎　二〇〇三年五月)。

一子相伝の論理――『源氏物語』秘琴伝授の方法

上原作和

まして、この後（光源氏）といひては、伝はるべき末もなき、いとあはれになむ。

「若菜」下巻[1]

序

光源氏の後に光源氏無し――。『源氏物語』には、第二部以降、光源氏の學藝に一子相伝を前提とした衰退史観が散見されるようになる。時代的背景として「末法思想」もその要因のひとつと考えられるし[2]、『源氏物語』に特徴的な寡産の思想も影響していよう[3]。

とりわけ、一子相伝と衰退史観は光源氏の携える七弦の〈琴《きん》〉にまつわる言説に顕著である。〈琴《きん》〉が本来、廃絶と復興を繰り返した宝器であることもあり、それは、〈琴《きん》〉にまつわる絶音言説とも言い得るものである。そこでその言説生成の一端を解明しておきたい。

一　平安朝以前の琴学史

まず、衰退史観の基となる七絃琴の成立と沿革を辿っておこう。

中国で最も重要な伝統楽器である七絃琴を知る基本図書として入手可能なものは、許健『琴史　初編』（一九八七年）と吉川良和『中国音楽と芸能　非文字文化の探究』（二〇〇三年）とが挙げられる。[4]

また、日本に伝来以降の歴史は山田孝雄『源氏物語之音楽』（一九三四年）によって、その基礎的研究が確立された。鎌倉以降、前近代までの通史は、入手困難であるのが遺憾ではあるが、岸邊成雄『江戸時代の琴士物語』（一九九九年）によって辿ることが可能である。本書は全国に残る七絃琴の訪琴書の記録としても貴重なものである。[5]

さて、この〈琴《きん》〉は、日本には吉備真備ら、遣唐使の時代に「譜」とともに大陸から伝来したことが文献から確認出来る。[6]最も確かな文献は、天宝勝宝八年（七五六）『東大寺献物帳（国家珍宝帳）』に見える二張「銀平文琴　一張」「漆琴一張」であるが、ともに現存しない。これらは、嵯峨天皇の時代、弘仁五（八一四）年に二張とも持ち出され、同八（八一七）年に返納されたが、現存の「金銀平文琴」はこの時の代納品のひとつとされる。
日本では、古代に「コト」と言えば、「和琴」のことであるものの、平安時代の古記録、もしくは『うつほ物語』『源氏物語』の写本において「きむ」とあれば、七絃琴のことである。事実、これら物語の写本には箏や和琴など他の琴箏類と区別して「琴《きん》」または「琴《きん》のこと」と書き分けられている。伝来当初から渡来した楽人の教授によって文人に親しまれ、『懐風藻』や『文華秀麗集』には〈琴《きん》〉にまつわる詩（「琴韻」と称する）が数多く詠まれている。また、独自の詩語「琴樽」「絃響」「絲竹」「薫風入琴臺」などの詩語も造られた。また、「雑沓應琴鱗」は琴の音に魚のはねる様を詠み、「臨水拍桐琴」「彈琴與仙戯」のような神仙境としての吉野詩もある。竹林の七賢の嵇康や「知音」の故事は、以下のような詩語に託されて幽居に遊ぶ文人の詩心を鼓吹したようである。さらに「流水散鳴琴」のように琴曲「流水」を詠み込んだ韻もある。また、「広陵散」を詠み込んだ「彈琴顧落景」の韻はとりわけ重要である。

　贈掾公之遷任入京　　従三位中納言兼中務卿石神朝臣乙麻呂（七五〇没）
余含南裔怨　君詠北征詩　詩興哀秋節　傷哉槐樹衰
彈琴顧落景　歩月誰逢稀　相望天垂別　分後莫長違。
（訓読）余は含む南裔の怨　君は詠ず北征の詩　詩興秋節を哀ぶ　傷き哉槐樹の衰ふこと
琴を彈き落景を顧み　月に歩みて誰にか逢ふことの稀なる

相望みて天垂に別る　分れて後長に違ふこと莫かれ。

これは藤原不比等の妻と通じて土佐に流刑となった石上朝臣乙麻呂の怨閨詩の一節であるが、嵆康が刑死に臨んで琴曲「広陵散」を日の沈むまで奏でた故事を踏まえることが知られる。以下の如く「日影まで琴を索めて之（『広陵散』）を弾く」とあるからである。

『河海抄』「謝云自レ是叔夜琴名大ニ震干世一矣　晋帝詔レ叔願レ令レ授后不レ応レ是　終被レ誅ニ嵆康一将刑ニ東市一　顧ニ視日影一索レ琴而弾レ之　曰『袁孝尼嘗以レ吾学ニ広陵一　吾毎靳レ之広陵散於今絶矣』」。

かつ、流刑を怨む光源氏の心情に通うことから、この琴曲の本邦伝来を窺うことの出来るものであって(7)、林嵐の「広陵散」と『琴操』の「聶政韓王を刺せる曲」とが結びつけられたのは、明代以降とする説はここに退けられる。

また、『文華秀麗集』にも以下のような韻がある。

琴興　巨勢識人（八二三頃）

獨居想像嵆生興　静室一弄五絃琴　形如龍鳳性閑寂
聲韻山水響幽深　極金徽一曲　萬拍無倦時　伯牙彈盡天下曲
知音者或但子期　子期伯牙歿來久　鳴琴千載□□

（傍線上原、以下倣之）(8)

（訓読）獨居して想像す嵆生が興　静室に一たび弄す五絃の琴　形は龍鳳の如く性は閑寂
聲は山水に韻き響は幽深なり　金徽一曲を極め　萬拍倦む時無し
伯牙彈き盡す天下の曲　知音の或は但子期のみ　子期伯牙歿して來り久し
鳴琴千載□□

『広陵散』の嵆康や「伯牙絶絃」「知音」の故事がふんだんに取り込まれた詠である。

二　平安朝時代の琴学史

我が国初の長編小説である『うつほ物語』は、遣唐副使となった清原俊蔭が天人から〈琴《きん》〉と秘曲を授かって帰国し、一族への音楽伝承と學藝が主題となっている物語である。これは、後述する「若菜」下巻の女楽での一子相伝の論理的根拠となるものである。

また、『源氏物語』の光源氏も琴《きん》を須磨、明石にも携行し、女三宮にも秘曲を教授している。

また『狭衣物語』でも主人公・狭衣の弾琴場面が重要な物語要素となっている。

文献史料としては、平安時代中期頃まで演奏されていた記録が『日本三代実録』『吏部王記』『御堂関白記』『御遊抄』『枕草子』に残る。琴人としては、菅原道真（八四五～九〇三）、重明親王（九〇六～九五四）が知られた。これらによって、山田孝雄以降、一条朝（九八六～一〇〇一一）までに〈琴《きん》〉は廃れたとされる。しかし、『源氏物語』（一〇〇八年頃）には、「揺す」「按ず」と言った奏法、および「広陵散」「胡笳」と言った曲名も物語内容にふさわしい場面で登場することから、作者は文献のみならず、実際に学琴の素養もあったことが知られる。(9)

しかしながら、奏法が難しく、また音量の小さい楽器であったためか、結局、雅楽の編成にも加えられることなく、公的な記録にはこれ以降残らないことから、一度断絶したとされる。(10)ただし、儒学者の『源氏物語』に関する著作としては先駆け的位置にある熊沢蕃山（一六一九〜一六九一）の『源氏外伝』（一六七三〜一六八一）が、七絃の〈琴《きん》〉の音色を以下のように評している。

或書に大宰帥経信卿の申されしは、あがたの唐坊にて弾きしを聴しが、蝱《あぶ》といふ虫のあかり障子にあたる音に似たり、とぞ物語り侍りけるとあり。(11)

まさに、そのかそけき琴韻を的確に評している。大宰帥経信卿は、琵琶の名手・源経信（一〇一六〜一〇九七）のことである。事実、経信は大宰権帥に任じられた翌一〇九五年（嘉保二年）現地に下向し、大宰府で八二歳の生涯を閉じているのであるが、唐人との接触はこの時のことと思われるから、全くの「絶音」と言うわけではなかったことになる。

また、五山文学にも「琴韻」と認められる作品があり、このように見てくると、従来の琴学史の理解は、公的な記録上の「絶音」期と言うに留まるものとなろう。(12)

三　『原中最秘鈔』の琴学史

絶音の時代で注意すべきは、河内学派、源光行・親行父子の編纂とされる『原中最秘鈔』（一三六四）である。『原中最秘鈔』では混乱が観られ、本来、琴学で理解すべきところを琵琶西流の楽理で説いている条があり、混乱が観られる。(13)

そこで、当該書の「琴」関連の施註について検証しておく。

○「若菜」下巻の「女楽」の条

『原中最秘鈔』若菜下巻　広本

かへりこゑとは、「万秋楽」の五六帖半帖《はんでう》より破にかへるを云へる也。

こかのしらべとは、胡笳《コカ》の調。

実俊三品息五辻の拾遺二品公世　被レ勘二進仙洞一常磐井殿（後深草院）折紙に云

「こかの事　あまたの手の中に心とゞめてかならずひき給べき五六のはちを　如レ此説者破等字にはあらず。撥と被レ存歟」。

同状云、

「五絃弾六絃七絃いまの四絃おなじしらべなり。此事『金花従智』といへる文に見えたり」。

又、被書載事少々可㆓勘申㆒見ㇾ出ㇾ申候。云々。

又、孝行(藤原孝経)説云「琴に五ケ(×千)調あり。播手《かくて》、片垂《かたたり》、水宇瓶《すいうひょう》、蒼海波《そうがいは》、雁鳴調《かんめいちょう》」。伶人(中原)光氏説、「播手より雁鳴のしらべに至まで孝行説同前」。

行阿云、「琴は婆羅門僧正始渡㆓本朝㆒随而究泰天皇、文武天皇琴を弾給ひつるよし『日本紀』世継条に見えたり。琴は黄帝始て造ㇾ之もとは宮商角徴羽五絃なり。其後文王のとき、一絃武王のとき一絃加ㇾ是為㆓七絃㆒、並勢分事長さ三尺六寸にかたどれり。弘さ六寸六合にかたどる。六合と云は四方上下也。前のひろく後のせきは尊卑にかたどる。上円く下方なるは天地に象れり。黒染の楽器なり」。

異説云、「伏羲氏作ㇾ之。云々。琴事本は宮商角徴羽五絃也。今は加㆓文武之絃㆒七絃也」。『律書』楽之図・第四云臣宛註、謹按テ㆓『楽記』㆒曰「舜作㆓五絃之琴㆒双歌㆓南風㆒周加㆔文武在㆓絃系㆒。本云上円下方以法㆓天地㆒。大絃は寛和而慢モ象ㇾ君也。小絃は清廉而不乱象臣也」。『白虎通』曰、「琴禁也。正㆓人心㆒也。箱底全第四、云琴は伏羲氏作給。五絃は宮商角徴羽也」。五管にかたどる。大絃寛和してみたりがはしき呂にかたどる。小絃は清廉にして不乱律にかたどる。文王・武王を加て文の絃は宮に似たり。武の絃は商に似たり。各細し故に小宮小商云鳳鶴琴とて二ありと 云々。

『列子』文云、「爪なり。鼓琴之時鳥魚躍る」。

私云、「琴の正本とて後徳大寺殿（実定）に侍しを申出して見侍き。而上古よりの絵図に少しもたかはず、宇治の宝蔵にも在之」。

「若菜下」云、琴なむ猶わづらはしく手ふれにくき物にありける。このことを、まことのあとのまゝに尋ねとりたるむかしの人は天地をなびかし、鬼神の心を和げ、萬のもゝの子の内に随ひにき。かなしびふかき物も悦に替り、いやしくまずしきものもたかき世にあらたまり、寶にあづかると見たり。而今は世の末なれはにや、いづこの其かみのかたはしにあらむ。されど、猶、かの鬼神の見とゞめ、かたぶきそめにける物なれはにや、なまなまに学びて、思ひかなはぬたぐひありける後、これをひく人、よからずとか云ふ難つけて、うるさきまゝに、今はおさおさ傳る人なきがいと口おしきことにこそあれ。琴の音を離れては、何事をかは物をとゝのへしるとはせむとあり。

琴面　長三尺六寸　広六寸七絃也。

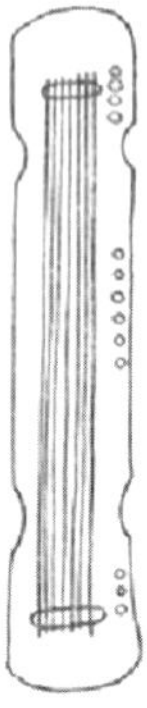

からばこなどのほこりよらぬ物の絵（飾）に琴の形を作付たるをみるに、此図に少もたがはず。からもの、ことなり。

行阿云、「『琴濫觴条々』父祖等勘文註付。又『或書』云、「琴異名ヲ勇女《ヨウジョ》黄帝女　弾琴之時魚類慶」云々。

駅相　孤相　桐相　鸞音
鶴鳴　魚躍　龍水　流波
秋風　積雪　折柳　幽蘭

『原中最秘鈔』略本

こかのしらべ　胡笳の調。又云五ヶ調。
又、孝行（藤原孝経）説五ヶ調は在、搔手《かくて》、片垂《かたたり》、水宇瓶《すいうひょう》、蒼海波《さうがいは》、雁鳴調《かんめいちやう》。
又、五六のはらの「ら」の字を「ち」の字とす。撥の字也。此義まさる歟。(14)

この時代、女楽の当該条では、琴曲と奏法に関しては『光源氏物語抄』『紫明抄』『河海抄』は、持明院皇統期に流布したと思しき、琵琶西流の楽理を孫引きしつつ施註していた。(15)これに対し、『原中最秘鈔』の引用典籍が正鵠であることにくわえて、河内学派の本流・光行一統の学が我が国に渡来した楽書にも精通していることは特筆されよう。

なぜなら、旧来の通説とも言うべき「五ヶ調」の孝行（藤原孝経）説より、今日正鵠を得たと認められる「胡笳」説を冒頭で提示していること。さらに七絃琴にはあり得ないものの、未だ一説として今日も紹介される「撥」説をも提示し、本文に即した当時考えられる楽説を網羅的に提示したことをこそ再評価すべきなのである。

ここで特に注意すべきは、その勘進が七絃琴のそれではなく、「撥」説という琵琶の楽理であったことから、実際には全くの失考であった点である。そもそも、これらの秘説を勘進したのは、三条家の実俊三品息・五辻の拾遺二品公世、閑院公季流の一統である。これら、三条家、徳大寺家、西園寺家の学統は、後に琵琶西流の楽理を継承することとなるのだから当然のことではあった。

当時の絃楽は総じて琵琶の時代に移行しており、〈琴《きん》〉は完全に廃れていた時代でもあったから、琵琶師範家の楽理は絶対であったと言うことなのである。(16) したがって、上来述べたように、行阿ら、当時の源氏家の「琴学」学習の成果も琵琶西流の影響下にあったことは容易に類推されよう。

しかしながら、『原中最秘鈔』には日本琴学史において特記すべき記事もある。それは「私云」とある本文のことである。光行には琴学の知識はなかったようだが、「琴の正本」が伝える寸法と広さは現存の七絃琴のサイズと変わらないものである。そして、これを「上古よりの絵図」と比べても「物の絵（飾＝高松宮家本）に琴の形を作付たるをみるに此図に少しも違はず」、これをこそ「七絃琴」であると認めている。すなわち、『水原鈔』もしくは原『原中最秘鈔』成立時には後徳大寺相伝の「琴の正本」があり、その「絵図」を「唐箱の埃寄らぬ物の絵」と照らし合わせて、これこそ世に言う「唐物の琴」であると断定したということなのである。

また、「行阿云」として、「『琴濫觴条々』父祖等勘文註付」と記していることも見逃しては成らない。すなわち、〈琴《きん》〉に関する俗説の「濫觴」を列挙した『琴濫觴条々』なる書物があって、これを父祖累代が註解し、書き留めていることである。これは、逸文が『古事類苑』「楽器部」〈琴《きん》〉に見えていて実在したものであることが証される。

したがって、一条朝以後に廃れたとされて定説化している〈琴《きん》〉にまつわる学説[17]を、院政期から鎌倉前期にかけての「琴学」の存在から部分修正出来るわけである。くわえて伝承ともされる「宇治の宝蔵」にも〈琴《きん》〉、もしくは琴学書の存在を伝えていることは特筆されよう[18]。

このようにして河内学派の源氏学の成果を詳細に検証してみると、完全に絶音―すなわち空白期とされてきた院政期から鎌倉前期にかけての『原中最秘鈔』「琴学史」の成果を、後人たちが琵琶西流の席巻により、結果的に無視してきたことが明らかとなったのである。

ちなみに、四辻善成（一三二六〜一四〇二）『河海抄』（一三一四）には、琴書「『琴譜』一巻、『弾琴用手法』一巻、『雅琴手勢法』一巻」が見えている。

四　江戸時代の琴学史

その後、江戸時代に至り、一六七六年、清の圧政から逃れるために亡命した曹洞宗の僧・東《とう》皐心越《こうしんえつ》（一六三六〜一六九六）によって琴學は再び日本に伝えられることになった。来日後、亡命者として幽閉されていた心越であるが、天和三年（一六八三）、水戸藩の徳川光圀（一六二八〜一七〇一）の庇護によって、篆刻と古琴を儒学者人見竹洞らに伝えた。このことによって、日本琴学は水戸学と密接な関係性を持つに至ったのである。

その後、熊沢蕃山（一六一九〜一六九一）の『源氏外伝』に〈琴《きん》〉に関する重要な記事が見える。また、荻生徂徠（一六六六〜一七二八）は、本格的な學琴書である『琴学大意抄』と、京都西加茂の神光院に伝わっていた世界最古の文字譜の解読を試みた『幽蘭抄』を著した。これは、日本思想史における経世思想（経世論）の形成に参与し、為政者に〈楽〉の素養が必要なることを主唱するために著されたものである(19)。

さて、熊沢蕃山の『源氏外伝』は「序言」に続き「桐壺」から「藤裏葉」巻までの本文を抄出し、蕃山の見解を述べたものである。例えば、琴に関する言及は、「若紫」に、

○僧都琴をみづからもて参りて

此楽器、「上古本朝に渡り来るなり。允恭・天武已下令レ弾レ之給ふ由『日本紀』に見えたり。其後、延喜の比迄も弾ずる人あり。中古以来楽曲断絶なり。『白虎通』に云ふ、「琴は禁也。禁追於邪気、以正人心なり。或人云、琴は舜初めて五絃の琴を作りて、南風をうたひ給へりといへり。後世の人、五絃にして弾じがたき故に、文武の二絃を加へて七弦とすといへり。変宮、変徴にても有るべし。上代の人命をかけて遠き国にわたり、伝来しつる曲なるに、余りに大事に秘して弾ずる人稀なりしかば、終に秘し失たりとみへたり。

と見えている。これは、『源氏物語』古註を祖述したものと言うべきであろう。
注目すべきは、「末摘花」巻にみえるふたつの見解である。

○物の音からのすぢことなる物なれば聞にくゝおぼされず

琴はこと楽器にあはせぬれば、ひゞきわたりてつかさどる声なりと云へり。上古にはしらべたる物か。近年唐人の伝とて弾ずるは乙になる程下調子にしらぶるなり。今の琴は他の楽器の合奏のなるべき物ともみへず。但し今の琴はひゞきは遠く聞こゆるものなりといへり。

或書に大宰帥経信卿の申されしは、あがたの唐坊にてひきしを聞しが、蝨といふ虫のあかり障子にあたる音に似たり、とぞ物語り侍りけるとあり。めづらしきやうに云はれしほどに、上古の琴の音はたえて後の事成るべき歟。

只今の琴、上古のと同じ事歟。同じからざるか。上古のやうには糸のしまりもむつかしく、伝へも大方うしなひたれば、今已にしらぶること歟。いまの調子にては糸のしまりもいらざる程に、それに随ひて細工なども略したるか。琴に限らず、唐人は聖代の楽はことく〳〵く失せてしらざるなり。音律達者なるゆへ、代々楽をも作直して古楽をば皆失ひたり。日本は音律不達者なれば、一度伝へて来るを大事に守りて伝へぬれば、昔のまゝなり。此故に古楽の残りたるは日本ばかりなり。唐土に明王おこり給ば必日本に来て伝へかへすべし。今の唐人の楽は一向もとの姿の残なる物に非ざれば、唐人の伝ふる琴の調べ、昔の物にてあるべしともおもはれず。日本にても琴は伝へ失へり。惜しむべし。
○中々なる程にてもやみぬる哉き、わく程にもあらで、ねたうとのたまふ
琵琶・箏、最雅声にして淡きこゑなれども、箏すがゝきに風顕はれて上手下手其人柄早く聞とらるゝ物なり。

琵琶はまことの音ひきしむる人古今稀なる物なれば、大方の稽古にては耳にとまらず。琴は律呂の響強く、とりわき淡き物といへり。しからば、いよ〳〵き、わきがたかるべし。和琴だに其風をうつしたる物なれば、しらべ出てすがゝく程、其人の姿はやくは聞わきがたし。

例えば、先にも触れたように、「或書に大宰帥経信卿の申されし」として、「あがたの唐坊にてひきしを聞しは蝨といふ虫のあかり障子にあたる音に似たり、とぞ物語侍りけるとあり」とあるくだりは、琴韻（琴の音）の描写としてユーモラスかつ卓抜なる直喩であり、合奏にそぐわないこの楽器の特性を極めて的確に説明している。また、「めづらしきやうにいはれしほどに、上古の琴の音はたえて後の事成るべきかは」「琴は律呂の響つよくとりわき淡き物といへりしかば、いよ〳〵きゝわきがたかるべし。和琴だに其風をうつしたる物なれば、しらべ出てすがゝく程、其人の姿はやくは聞わきがたし。」と述べて、古来稀にして、かそけき琴韻の歴史的性格や特性に関する知識は正鵠である。これは、伝統的な中世源氏学の解釈とは全く異なるアプローチであり、解釈であった。ところが、蕃山の学問と思想は、当時の世評もあって、江戸の源氏注釈学にも全く反映していないのである。

もちろん、蕃山の学にも致命的な失考もあった。例えば、唐人に「古楽」は失われ、「日本ばかり」にこれが遺るとする見解は、実際には、今日も琴学の伝統が中国に存在することから事実に基づいてはいない。

このようなマイナス面のあることは明らかであるが、蕃山学、後の徂徠学の思想的根基となる共通の見解と言う点で重要である。かくして、従来顧みられることがなかった蕃山の『源氏外伝』は、以上のような理由から再検討されるべき重要な学説を保有すること、このことは言うまでもないのである。[20]

もちろん、蕃山は近世を代表する儒者であり、幕藩体制への批判精神を持ち続けたその思索は、多くの矛盾を指摘されるものの、荻生徂徠や水戸学に対して強い影響を与えたことは、近年とみに解明が進みつつあるようだ。[21] その蕃山と徂徠とを繋ぐのが『源氏物語』の礼楽思想、すなわち、「古楽＝琴学」であることはあまり知られていない。

徂徠は、孔子が作曲したとされる琴曲《幽蘭》の文字譜を解読し、さらにこの作品を実際に弾琴しながら復原しようとしたことで知られる。それは、徂徠が儒者として中国古代の礼楽を学んで行くに際して、琴学に辿り着き、それを実践的に探求する中で発見した成果であった。しかし、徂徠が残した琴学関連の述作の多くは、一説に史的考察が不十分であり、かつ論にも飛躍が多いとの理由から、従来、伝統音楽の理論と実践において顧みられることは極めて少なかった。最近、小野美紀子によって『幽蘭譜抄』に関する詳細な基礎的論考が提出されるに及んで、その全貌が明らかになりつつある。[22] 小野は現存諸本を精査し、『幽蘭譜抄』と付随する『琴用指法』の成立過程を解明した。その上で当該書の意義は、世界で唯一現存する文字譜である《幽蘭》譜を解読し、文字譜では運指しか示されていないところの譜の音高を十二律名で示したところに特徴があるとする。[23] したがって、これは弾琴したことが前提の、極めて実践的な琴学書であることが判明したのである。

たとえば、徂徠の琴学で『幽蘭譜抄』と双璧を成す『琴学大意抄』「琴の調様の事」には以下のようにある。

琴の調に五調あり。瑟調・平調・清調・楚調・側調の五つなり。瑟調・平調・清調を三調とし、楚調・側調を加へて、五調なり。漢の代より、六朝までは、琴のみに限らず、楽、みなこの五調の外に出ず。後魏の陳仲儒が曰、「琴調は以宮為主。平調は以角為主と云へり。五音六律は、みな、黄鐘を根本とす。黄鐘は今のわうしき也。コノコト別に考あり。事ながければこゝにしるさず。わうしきは、十二律の根本なるゆへ、わうしきに当ることを、主とすると云る也。（略）

されば、琴家の五調、今吾邦に伝る五調と符合しぬれば、陳仲儒がいへるも、漢の三調も、五調も、『韓詩外伝』の五音も、外に、又あるまじき也。異国は唐朝に古楽を変乱したるより、五調の説隠したるに、吾邦に留まること、不思議の次第なり。琴譜も明朝より伝はるを見れば、音節、短促にて、小児の歌へる岡崎などいふやうなるものなるに、『幽蘭琴譜』は迥に異なるを以て見る時は、古の楽は只吾邦に残り留ぬると覚ゆる也。(24)

そもそも、音階上の相対的な位置を表わす五つの階名（宮商角徴羽）を、一般に中国では「五声」と呼び、中国の「古楽」復原論の前提として、それぞれの音が人間の思惟・思想に大きく影響することを基本原理とする。しかし、徂徠は、著作『楽制篇』において、これを「五調」、すなわち五つの音階種と捉え、日本の雅楽の五調子と結びつけた点に特徴がある。したがって、中国では見失われ見誤られた古い理論が、日本には生きたまま残っていると言う蕃山の学と通底する理路により、「琴家の五調、今吾邦に伝る五調と符合しぬれば」、「吾邦に留まること、不思議の次第なり」と述べている。この理路の発見は、いわゆる、古文辞学派（蘐園学派）の志向した学の基底となり、復古的な思想の根幹をなす、徂徠派の真骨頂の言説と言うべきものである。

もうひとり、學琴を生涯の學藝とした重要人物が浦上玉堂（一七四五〜一八二〇）である。玉堂は、三五歳の時、中国・明の顧元昭作と伝わる「玉堂清韻」銘の名琴を入手したことから「玉堂」を名乗り始めた。岡山鴨方藩の大目付などを勤める程の上級藩士であったが、琴詩書画に耽る生活を送り、五〇歳で脱藩、二人の子供（春琴と秋琴）を連れ、以後は絵画と七絃琴を友に諸国を放浪、晩年は京都で、文人画家として風流三昧の生活を送った。玉堂作の七絃琴、及び學琴書に『玉堂琴譜』『玉堂雜記』、漢詩に『玉堂琴士集』が遺る。

江戸時代はこれらの儒者や文人たちに琴は愛好されたが、江戸の音曲としては一般に広まることはなく、再び衰微の一途を辿った。ただし、〈琴《きん》〉を詠み込んだ漢詩は、膨大な量に上り、最近でも女性琴士の梁川紅蘭《やながわこうらん》、妻鹿友樵《めがゆうしょう》の漢詩が紹介された(25)。

現代の琴学はオランダ公使のファン・フーリック（一九一〇〜一九六七／高羅佩、R.H. Van Gulik）が岸辺成雄（一九一二〜二〇〇二）に教授したことから始まるものである。フーリックには、「琴銘の研究」『書苑』第一巻第十号（一九三七年）などの學書がある。

しかし、岸辺以後も琴学は広く知られることはなく、未だ数人の琴人を数えるのみである。

五　琴と銘

古代から伝わる〈琴《きん》〉で日本に現存する代表的なものに、唐琴として正倉院の『金銀平文琴《きんぎんひょうもんきん》』、法隆寺伝来『開元琴』（東京国立博物館所蔵）（いずれも国宝）がある。唐代とも、鎌倉時代と言われる厳島神社蔵伝平重衡所用の法花（重要文化財）、尾張・徳川義直の老龍吟、紀伊徳川家の唐琴・冠古（別銘「梅花断」、『集古十種』所載）、谷響、幽蘭（寛政年間（一七八九〜一八〇〇））、天明三年（一七八三）無銘琴（四張ともに国立歴史民俗博物館蔵）、また、東皐心越が将来した「虞舜」「大雅」「聞天」三張は水戸家十一代・徳川昭武（一八五三〜一九一〇）が明治期に皇室に献上したと伝えられる。このように、南都の寺院と徳川御三家に名器が集められていたのである。

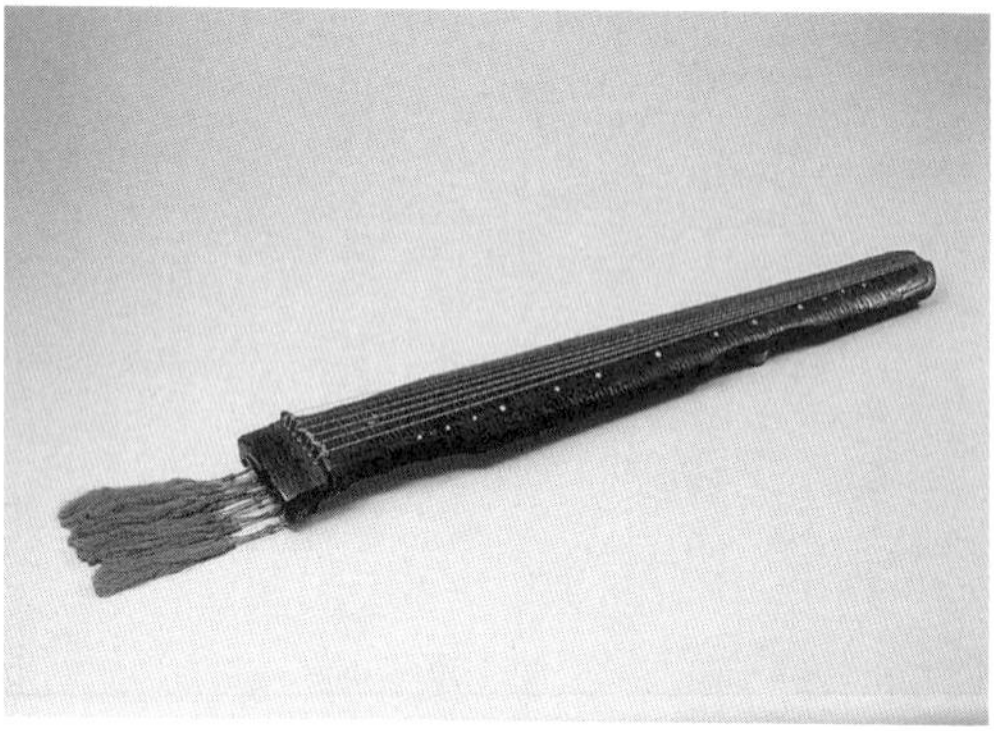

七絃琴　銘　老龍吟　徳川美術館蔵

本来、〈琴《きん》〉には、それぞれ銘があることを原則とする。例えば、石上朝臣乙麻呂が土佐に携行した〈琴《きん》〉は「白雪」、『うつほ物語』の俊蔭伝来の〈琴《きん》〉は「南風」「波斯風」、「龍角風」「細緒風」「宿守風」「栴檀風」「山守風」「花園風」「都風」「容貌風」「織女風」と命名され、秘匿するものもあり、一家の子孫及び、帝、皇后以下にそれぞれ献上、もしくは付与されたのであった。

『源氏物語』にはこのような命名は見られないが、明石を去る光源氏が携行した〈琴《きん》〉を「また掻き合はするまでの形見」としているし、「若菜」上巻で、玉鬘が源氏の四十の賀を祝った際に奏でられた〈琴《きん》〉については、

> 琴《きん》は、兵部卿宮弾きたまふ。この御琴は、宜陽殿《ぎやうでん》の御物にて、代々に第一の名ありし御琴を、故院(桐壺)の末つ方、一品宮の好みたまふことにて、賜はりたまへりけるを、この折のきよらを尽くしたまはむとするため、大臣(太政)の申し賜はりたまへる御伝へ伝へを思すに、いと

あはれに、昔のことも恋しく思し出でらる。

とあって、桐壺院遺愛のものであり、晩年、弘徽殿女御腹の女一宮に下賜され、後に「宜陽殿の御物」となっている名器である。ところが、朱雀院五十賀の試楽、いわゆる女楽では、それぞれの女人にふさわしい名器が誂えられたものの、女三宮に名器ははまだ時期尚早の判断が成されたのであった（「若菜」下巻）。

内には、御茵《しとね》ども並べて、御琴ども参り渡す。秘したまふ御琴ども、うるはしき紺地の袋どもに入れたる取り出でて、明石の御方に琵琶、紫の上に和琴、女御の君に箏の御琴、宮には、かくことことしき琴《きん》はまだえ弾きたまはずやと、あやふくて、例の手馴らしたまへるをぞ、調べてたてまつりたまふ。

また、光源氏薨去の後、生前、女三宮に与えた「〈琴《きん》〉の譜」が遺児・薫に継承される物語が付加されていた（宿木巻）。女二宮との婚姻を前に催された今上帝行幸の藤花宴の一場面である。ところは薫と入道の宮が住まう三条宮であった。

故六条の院の御手づから書きたまひて、入道の宮（女三）にたてまつらせたまひし琴《きん》の譜二巻、五葉の枝に付けたるを、大臣（夕霧）取りたまひて奏したまふ。次々に、箏の御琴、琵琶、和琴など、朱雀院の物どもなりけり。笛は、かの夢に伝へしいにしへの形見のを、「またなき物の音なり」と賞でさせたまひければ、「この折のきよらより、またはいつかは映え映えしきついでのあらむ」と思して、取う出でたまへるなめり。かの「形見」の笛とは、柏木遺愛の、しかも「陽成院の笛」とされるものであり、夕霧から薫にもたらされて「横笛」物語の主題を生成した、その楽器である。朱雀院は「宇陀法師」なる和琴も所有し（「藤裏葉」巻）、これは後掲『枕草子』にも見える逸品であるが、藤原定家の『奥入』には「故之宇陀法師以㆑檜作㆑之、先一条院御時内裏焼已々時焼㆓失之㆒」とある。

史実と伝承の問題は、醍醐天皇の逸話が著名である。醍醐天皇の皇子・重明親王（斎宮女御徽子女王の父）の日記『吏部王記《りほうおうき》』と『古今著聞集』によれば、延長八年（九三〇）十月十一日、醍醐上皇崩御葬送の際に埋葬された文物や宝物の中には光明皇后の『楽毅論』、王羲之の『蘭亭集序』などの書籍に加えて、和琴、箏、〈琴《きん》〉は、わざわざ楽所預らに平調（和琴のみ律調）に調絃させてから埋葬したとある。

延長八年九月二十九日、延喜の聖主崩御。十月十一日、醍醐寺の北山の陵にわたしたてまつりけるに、御硯、御書三巻、墨染の筥一合、琴《きむ》青眼、箏秋風、吏部王記ニハ風声と註セラレタリ、和琴中宮弘徽殿、御賀ニ献ゼラレケル、御笛など入れられけり。内蔵の助良峯義方、和琴をしらぶ。楽所の預丹治良名、琴《きむ》をしらぶ。皆、平調にしらべけり。和琴をば律調にしらべたりける。いまは土にこそなりはべりぬらめ。あはれなる事なり。

（『古今著聞集』巻十三　醍醐天皇の山陵に御硯・御書を入れ奉る事(26)）

この時に埋葬された〈琴《きん》〉は「青眼」と命名されており、竹林の七賢・阮籍が、友人との付き合いを「白眼青眼」で使い分けたという故事にちなみ、「青眼」は友愛の象徴ということになる。

また、『枕草子』「無名といふ琵琶の御琴を」八八段（『集成』[27]）に、

御前にさぶらふ物は、御琴も御笛も、みなめづらしき名つきてぞある。玄上、牧馬、井手、渭橋、無名など。また、和琴なども、朽目《くちめ》、塩釜、二貫などぞきこゆる。水龍・小水龍、宇陀の法師、釘打、葉二つ、なにくれなど、多くききしかど、忘れにけり。「宜陽殿《ぎやうでん》の一の棚に」といふ言草は、頭の中将（藤原斉信）こそ、したまひしか。

とある。これらの楽器は、『拾芥抄』『二中歴』にも名器として伝えられているものばかりである。これらが紫宸殿の東の母屋（宜陽殿）に累代の御物として納められ、一の棚は第一級品が置かれていたわけであった。「宇陀法師」や「陽成院の御笛」のように、累代の皇統の名を冠した名器は、〈楽〉の相承の系譜と途絶の物語を歴史的背景として、かように存在していたのであった[28]。

六　一子相伝の琴学　「碣石調幽蘭第五」序

そこで、『源氏物語』の一子相伝なる衰退史観を検証し、その〈琴《きん》〉の絶音言説生成の一端を解明しておきたい。

隋末から初唐の筆と目される国宝「碣石調幽蘭序　一名倚蘭」（冒頭）に、

丘公字明、會稽人也。梁末隱於九疑山、妙絶楚調、於幽蘭一曲尤特精絶、以其聲微而志遠、而不堪授人、以陳楨明三年授宜都王叔明。随開皇十年於丹陽縣卒　九十七（四九三～五九〇）。無子、傳之其聲遂簡耳。

（訓読）丘公字は明、會稽の人也。梁末九疑山に隠くる。楚調は妙絶にして、幽蘭の一曲尤特にして精絶なり。其聲を以て志遠く徴せんとすれば、授くる人堪えず。陳の楨明三年を以て宜都の王叔明に授く。随の開皇十年丹陽縣にて卒す　九十七（四九三～五九〇）。子無く、之を伝えるも其の聲、遂に簡たるのみ。

と見えている。この序文は「丘公字は明、會稽の人なり……」とこの譜の書承者・王叔明による琴の宗匠・丘明の経歴が記され、簡略に「幽蘭譜」を書記して、曲を伝承せしめんとした意図が窺えるのである。宗匠・丘明は九疑山に籠って修行した琴士であったが、子が無かった故、唯一の後継者たる王叔明が、「傳之其聲遂簡耳」と、本来は秘伝の譜を敢えて書記せざるを得なかった、一子相伝の論理を窺い知ることができる。これは『源氏物語』の琴論に通底する論理を備えていることが知られよう。

光源氏「……琴なむ、なほわづらはしく、手触れにくきものはありける。この琴は、まことに跡のままに尋ねとりたる昔の人は、天地《あめつち》をなびかし、鬼神《おにがみ》の心をやはらげ、よろづの物の音のうちに従ひて、悲しび深き者も喜びに変はり、賤しく貧しき者も高き世に改まり、宝にあづかり、世にゆるさるるたぐひ多かりけり。（略）

Aかく限りなきものにて、そのままに習ひ取る人のありがたく、世の末なればにや、いづこのそのかみの片端にかはあらむ。されど、なほ、かの鬼神の耳とどめ、かたぶきそめにけるものなればにや、なまなまにまねびて、思ひかなはぬたぐひありけるのち、Bこれを弾く人、よからずとかいふ難をつけて、うるさきままに、今はをさをさ伝ふる人なしとか。いと口惜しきことにこそあれ。

琴《きん》の音を離れては、なにごとをか物を調へ知るしるべとはせむ。げに、よろづのこと衰ふるさまは、やすくなりゆく世の中に、一人出で離れて、心を立てて、唐土《もろこし》、高麗《こま》と、この世に惑ひありき、親子を離れむことは、世の中にひがめる者になりぬべし。

Cなどか、なのめにて、なほこの道を通はし知るばかりの端をば、知りおかざらむ。調べ一つに手を弾き尽くさむことだに、はかりもなきものななり。Dいはむや、多くの調べ、わづらはしき曲多かるを、心に入りし盛りには、世にありとあり、ここに伝はりたる譜《ふ》といふものの限りをあまねく見合はせて、のちのちは、師とすべき人もなくてなむ、好み習ひしかど、なほ上りての人には、当たるべくもあらじをや。まして、この後といひては、伝はるべき末もなき、いとあはれになむ」

などのたまへば、大将〈夕霧〉、「げに、いと口惜しく、恥づかし」と思す。

（三巻四四④～四六⑤頁）

光源氏は、琴論を通じて、〈琴《きん》〉の奏法ほどむつかしく、習得しにくい楽器はないと述べている。光源氏による琴史《きんし》によれば、この楽器と音楽の歴史を学んだ人は天地をなびかし、鬼神の心を慰める超越的な力を持つと言う。また音楽によって人々の心を癒し、身分の賤しいものですらこの楽才によって世に認められ、財を得るものもあったとする。また、「ひとり出で離れて……」以下は、『うつほ物語』の俊蔭漂流譚が源氏によって語られたものである。[29]『うつほ物語』の主人公は清原俊蔭であるが、〈琴《きん》〉が伝授されるのは、その娘、さらに孫の藤原仲忠、さらに曾孫のいぬ宮である。この内、娘と仲忠は一人子であるが、いぬ宮には同腹で宮の君がおり、一子相伝の原則はこの物語に看取される。また、一子相伝の原理は、男系のみ、あるいは、女系のみと言った性差はないが、男―女―男の《三幅対》、さらに精神世界と俗世界のそ

れが併存する法則性が認められるようである。(30)

　さて、光源氏の言説には、「広陵散」の聶政や、その第一人者・嵇康《けいこう》、さらには「幽蘭」の丘明にも通底する《方外の士》の思想が根底にあるものと考えられる。(31)かくして、光源氏はA「かく限りなきものにてそのままに習ひ取る人のありがたく世の末なればにやいづこの片端にかはあらむ」B「今はをさをさ伝ふる人なしとか」C「なほこの道を通はし知るばかりの端をば、知りおかざらむ」D「まして、この後といひては、伝はるべき末もなき、いとあはれになむ」と、この文脈だけで四度にわたって〈琴《きん》〉の技藝の継承者の不在を語っているのである。ここには、女三宮は念頭になく、「我が後に後継者無し――光源氏の後に光源氏無し」と言う光源氏の矜恃と共に衰退史観が前提にある。しかも、この発話は、嫡子・夕霧を前に語られていることに注意したい。この直後に三宮（二宮とも）への伝授の可能性が示唆されるが、結局、実現はしないまま（「幻」巻）を迎えている。つまり、女三宮への伝授は朱雀院の懇請と言う外圧的なものであって、光源氏自身による、正統かつ内発的な伝授はついに不発に終わったのである。

　このような、〈琴《きん》〉の継承者の不在と言えば、先に紹介した「広陵散」にまつわる嵇康伝承が想起されよう。(32)

『河海抄』「終被レ誅嵇康将レ刑ニ東市一顧ニ視日影一索レ琴而弾レ之曰『袁孝尼嘗以レ吾学ニ広

陵一吾毎靳レ之広陵散於今絶矣』」。

嵆康は教えを請うた袁孝尼を拒絶したまま刑死に臨んだため、「広陵散」がここに絶えると叫んだという伝承である。あたかも「幽蘭譜」の「序」の「而不堪授人」、「無子」と言った言説と通底するように、〈琴《きん》〉は常に絶音の危機を前提として伝承され、これが最後かも知れないと言う前提のもと、弾かれるものであることが分かる。継承者たる品格を備えた文人貴族でさえも、嫡子が常に最優先であり、それが無く適任が無ければ絶えても構わないと言う、確固とした相伝の論理がどの伝承にも一貫しているからである。いずれも「一子相伝」を旨とするこの宝器の継承の論理を確認することが出来よう。

七　結語　選ばれし者による断絶

先に述べたように、光源氏の學藝は、彼の死によって途絶したものと考えられる。ところが、先にも触れたように、琴學に関しては、「譜」を介して伝授されていたとする記述がある。すなわち、光源氏の生前、女三宮に与えた「琴の譜」が、遺児・薫に継承されていたと思しき（「宿木巻」）の一節である。(33)

故六条の院の御手づから書きたまひて、入道の宮にたてまつらせたまひし琴《きん》の譜二巻、五葉の枝に付けたるを、大臣（夕霧）取りたまひて奏したまふ。

夕霧の「奏上」に関する解釈に揺れがあるが、三条宮の主は薫であるから、以下、

光源氏——女三宮——薫

の系譜が形而上的に成り立つ。つまり、「技」ではなく、「所有」と言う形での継承であり、男—女—男の《三幅対》の定型の法則性も備えている。

猪股ときわに依れば、「譜」の贈与は免許皆伝を意味し、特に「奥書」にその旨が記される習わしがあると言う[34]。この記述を閲する限り、光源氏の生前、不完全と思われていた女三宮への伝授は、正式に完了していたことになる。しかし、この言説は、光源氏薨去で絶えたはずの學藝の、『源氏物語』正編の理路を揺るがすものであろう。ただし、これは選ばれし者の認定が、第三部では薫に帰結することに注意したい。薫は確かに〈琴〉を弾くには弾ける（「東屋」巻）。いっぽう、薫の正妻女二宮、ましてや浮舟にも懐妊の兆候は描かれずに（「夢浮橋」巻）は閉じられる。つまり、宇治十帖の底流に貫かれる理路は、薫自身の血脈の途絶と〈琴韻〉絶音の未来なのであり、ここに一子相伝の原則が貫徹されていたことになるわけである。

かつて、わたくしは、「琴《きん》は王者の宝器であった」と『源氏物語』の琴學を評したことがあった[35]。〈琴《きん》〉は、今も昔も、稀少であること、それが存在意義とも言える楽器である。絶えず滅びに直面しつつも、一子相伝、選ばれし王者の《楽》として、光源氏と言う記憶の中にのみ

生き続けていると言うことが出来るのである。

本論は、平成二十二年度科学研究費補助金（課題番号22820068）「『源氏物語』全註釈のための基盤形成」による研究成果の一部である。

注

（1）『源氏物語』本文は、明融本の存する巻は『東海大学桃園文庫影印叢書 源氏物語（明融本）』（東海大学出版会、一九九〇年）を用い、その他の巻は『大島本源氏物語』（角川書店、一九九六年）によった。

（2）三角洋一『源氏物語と天台浄土教』（若草書房、一九九七年）など。

（3）今西祐一郎「寡産の思想—源氏物語試論—」『源氏物語と紫式部　研究の軌跡』（角川学芸出版、二〇〇八年、初出一九七三年）。

（4）許健『琴史　初編』（人民音楽出版社、一九八七年）、吉川良和『中国音楽と芸能　非文字文化の探究』（創文社 二〇〇三年）。以下、上原作和、正道寺康子、余明編『DVD余明王昭君を奏でる』（科学研究費補助金、二〇一〇年）の「解説」と重なる記述のあることをお断りする。

（5）山田孝雄『源氏物語之音楽』（宝文館　一九三四年）岸邊成雄『江戸時代の琴士物語』（有隣堂印刷株式会社出版部　一九九九年）。

(6) 原豊二・中丸貴史編『日本文学における琴学史の基礎的研究《資料編》』(科学研究費調査報告書 二〇〇八年)。

(7) 上原作和「懐風の琴II―「石上朝臣乙麻呂四首」の詩題と主題」「懐風藻研究」第八号、日中比較文学研究会、二〇〇一年)、林嵐「古代東アジアにおける楽制・楽書と源氏物語」堀淳一編『王朝文学と音楽』竹林舎、二〇〇九年)。

(8) 『懐風藻』『文華秀麗集』本文は小島憲之校注『懐風藻・文華秀麗集・本朝文粋』(日本古典文学大系、岩波書店、一九六四年)により、わたくしに訓読した。

(9) 上原作和「「揺し按ずる暇も心あわたたしければ」―『源氏物語』作家の琴楽環境」「中古文学 学会創設四十周年記念号I/第七八号」中古文学会、二〇〇六年)。以下、当該論文と重なる記述がある。

(10) 荻美津夫「平安文学と音楽―『落窪物語』・『宇津保物語』・『源氏物語』」『叢書想像する平安文学 言説の制度』第三巻、勉誠出版、二〇〇一年)。

(11) 以下、本文は『熊澤蕃山全集』(名著出版、一九七八年)による。『源氏外伝』の底本は内閣文庫本。これに『国文学註釈叢書』(國學院大學出版部、一九〇九年)、底本・正宗文庫本五冊で校合した。また、安原眞琴「源氏外伝」秋山虔監修/島内景二・小林正明・鈴木健一編『批評集成源氏物語 近世前期篇』(ゆまに書房、一九九九年)も参照。

(12) 上原作和「江戸儒者の『源氏物語』注釈学と琴学史―熊沢蕃山『源氏外伝』から荻生徂徠『琴学大意抄』へ」『王朝文学と音楽』(竹林舎、二〇〇九年)、以下、当該論文と重なる記述がある。

(13) 上原作和「『原中最秘鈔』の琴学史―琵琶西流の席巻と「胡笳の調べ」説の退潮」『〈琴〉の文化史　東アジアの音風景』(勉誠出版、二〇〇九年)、以下、当該論文と重なる記述がある。
(14) 池田亀鑑『源氏物語大成　資料篇／解説篇』(中央公論社・一九五六年)。以下『原中最秘鈔』本文も倣之。ただし、翻刻本文には誤脱が目立つので、高松宮家旧蔵本『国立歴史民族博物館蔵貴重典籍叢書　物語　四』文学篇 第十九巻、(臨川書店、二〇〇〇年)の影印で校合した。略本本文は池田利夫・解説『奥入・原中最秘抄 日本古典文学影印叢刊』(貴重本刊行会・一九八五年)による。
(15) 上原作和註十三論文参照。
(16) 豊永聡美『中世の天皇と音楽』(吉川弘文館、二〇〇六年)。
(17) 山田孝雄註四前掲書参照。
(18) 田中貴子「宇治の宝蔵」『外宝と愛法の中世』(平凡社ライブラリー、二〇〇六年(原著一九九二年))参照。
(19) 上原作和註十二論文参照。
(20) 観点は異なるが、野口武彦「江戸儒学者の『源氏物語』観―熊沢蕃山『源氏外伝』をめぐって」『『源氏物語』を江戸から読む』(講談社、一九八五年)がある。
(21) 吉田俊純『熊沢蕃山―その生涯と思想』(吉川弘文館、二〇〇五年)。
(22) 小野美紀子「七弦琴史料『幽蘭譜抄』初探：その内容と成立事情についての考察」「お茶の水音楽論集」四号(お茶の水音楽研究会、二〇〇二年)、小野美紀子「琴(七弦琴)の最古の楽譜『碣石調幽蘭第五』をめぐる解読と復元―主として荻生徂徠による研究について」『楽は楽なりII中国音楽論集　古楽の復元』（中京大学文化科学研究所、二〇〇七年）。

（23）『琴学大意抄』「譜の文字の事」に「隋の僧憑智弁が作れる文字、梵字の形の如し。又曽柔が作れる譜は、字をよせて作りたるものなり」と、いわゆる「減字譜」の成立史を記していることは注目すべきであろう。文字譜から減字譜への移行は、註4、許健編『琴史初編』、吉川良和『中国音楽と芸能　非文字文化の探究』に詳しい。最古の文字譜は、成立が六朝時代の『碣石調幽蘭巻五』（東京国立博物館蔵）、減字譜では南宋「古怨」『白石道人歌曲』である。「減字譜」については、山寺三知「琴の古楽譜『減字譜』を読む」『楽は楽なりII中国音楽論集　古楽の復元』（中京大学文化科学研究所、二〇〇七年）参照。

（24）本文は、川島絹江「荻生徂徠著『琴学大意抄』翻刻」「東京成徳短期大学紀要」第三七号、（東京成徳短期大学、二〇〇四年）によった。

（25）徳田武「梁川紅蘭の「買琴歌」」池澤一郎「紅塵堆裏に紅塵を避く―妻鹿友樵の漢詩」とともに上原作和編『《琴》の文化史　東アジアの音風景』「アジア遊学」一二六号　勉誠出版、二〇〇九年）所収。

（26）西尾光一・小林保治校注『古今著聞集』下巻（新潮日本古典集成、新潮社、一九八六年）。

（27）萩谷朴校注『枕草子』上巻（新潮日本古典集成、新潮社、一九七七年）。

（28）浅尾広良『源氏物語の准拠と系譜』（翰林書房、二〇〇四年）に詳しい考察がある。

（29）遣唐副使となった清原俊蔭が波斯国に漂着し、「蓮華の花園」で天の人から琴と秘曲「胡笳」を修得して二十余年後帰国したことを念頭にした発言である。

(30) 高橋亨「うつほ物語の琴の追跡、音楽の物語」『源氏物語の詩学―かな物語の生成と心的遠近法』(名古屋大学出版会、二〇〇七年、初出一九九八年)参照。

(31) 《方外の士》…上原作和『光源氏物語の思想史的変貌―《琴》のゆくへ』(有精堂、一九九四年)参照。

(32) 嵆康《けいこう》(二二四年~二六三年)は、三国時代の魏の文人。字は叔夜。譙国銍(現在の安徽省)の人。子に嵆紹がいる。竹林の七賢の一人。友人の呂安が礼法違反事件を起こしたとき、彼を弁護したため、かねてから彼の言説を危険視していた司馬昭の側近鍾会の讒言にあい、死罪となった。主な著作に『養生論』『釈私論』『声無哀楽論』、詩の連作に「幽憤詩」がある。我が国への広陵散伝承は、はやく『懐風藻』石上朝臣乙麻呂四首に「弾琴顧落景」と見えている。また『奥入』には「晋書嵆康伝、嵆康遊二洛西一暮宿二美陽亭一引レ琴弾。夜分忽有二客詣一。云二於レ是古人与レ康共談一 音律辞致二清弁目一索レ琴弾レ之、而為二広陵散一。声調絶倫遂以授レ康。仍誓不レ伝レ人亦不レ言二其姓一字一」と見える。

(33) 上原作和「《琴の譜》の系と回路―物語言説を浮遊する音」『光源氏物語學藝史―右書左琴の思想』(翰林書房、二〇〇六年、初出二〇〇四年)。

(34) 猪俣ときわ「『手』と『譜』と―十世紀の音楽をめぐる言説」『古代宮廷の知と遊技―神話・物語・万葉』(森話社、二〇一〇年、初出二〇〇四年)。

(35) 上原作和註三一前掲書参照。

『白氏文集』から見た須磨巻の音楽
――諷諭詩・閑適詩における琴の特徴と差異

西野入篤男

はじめに

『源氏物語』において音楽描写は全編を通して認められ、その内実は多岐にわたる。従って先行研究では、平安時代の音楽環境を明らかにする歴史的考察や、先行文学作品、中でも『宇津保物語』の影響を論じた文学史的考察、また思想的背景として古代中国の礼楽思想を見取り、光源氏の王者性との関わりを論じたものなど、多様な視点からの理解が試みられている。(1)作品内部に目を向ければ、琴の琴、和琴、箏の琴、琵琶、笛が主要な楽器として奏でられ、それぞれが家や相伝の問題と関わりながら主題的位相を形成しており、(2)中でも古代中国の礼楽思想で重んじられる琴の琴は、光源氏の王者性を象徴する楽器として位置づけられている。(3)思想的には主に儒家的な観点から捉えられてきた琴の琴だが、近年、日本古代の知識層に儒教・道教の混在した様相を増尾伸一郎氏が論じ、平安朝の音楽を考察するにあたって、儒・道両面からの把握の必要性を主張している[4]。本論では、この儒・道に関わる問題を、白居易が描く琴を参考に考えてみたい。既に須磨・明石巻で奏でられる琴に、老荘思想に基づき、俗世から超越した嵇康の如き「方外之士」を上原作和氏が論じるよう[5]、須磨での源氏の生活は隠逸的なスタイルであった。そうした源氏の隠遁生活と、それを象る琴の琴を問題にしようとする時、準拠として指摘される多くの人々の中でも「琴詩酒」を三友とし、また、儒・道・仏のいずれにも造詣が深い白居易が注目される。儒家・道家の琴はどういったものか、またその表現の特徴は何か。さらに須磨で多く引用される『白氏文集』と関わりがあるか否かなどの問題を検証してみたいと思う。

一　『礼記』楽記篇に見る礼楽思想

『源氏物語』の琴の琴は、『礼記』楽記篇などにみられる儒家的な礼楽思想の観点から捉えられている。『礼記』「楽記篇」の主要な箇所を抜き出し概観すると次のようになる。なお、『礼記』には福島和夫氏や笠原潔氏の詳細な研究があり、それらに従いたい[6]。

①凡そ音の起るは、人心に由りて生ずるなり。人心の動くは、物、之をして然らしむるなり。

（新釈漢文大系『礼記』中、五五六頁）

②凡そ音は人心より生ずる者なり。情、中に動くが故に聲に形《あらは》る。聲文を成す、之を音と謂ふ。

（同右、五五八頁）

③是の故に治世の音は安くして以て樂めるは、其の政《まつりごと》和げばなり。亂世の音は怨みて以て怒れるは、其の政乖《そむ》けばなり。亡國の音は哀みて以て思ふは、其の民困しめばなり。聲音の道は政と通ず。

（同右）

④樂は倫理を通ずる者なり。是の故に聲を知りて音を知らざる者は禽獸是なり。音を知りて樂を知らざる者は、衆庶《しゅうしょ》是なり。

（同右、五五九〜五六〇頁）

⑤唯君子のみ能く樂を知ると為す。是の故に、聲を審《つまびらか》にして以て音を知り、音を審にして以て樂を知り、樂を審にして以て政を知る、而して治道備る。

（同右、五六〇頁）

⑥樂を知れば則ち禮に幾《ちか》し。

（同右）

⑦禮樂皆得、之を有徳《いうとく》と謂ふ。

（同右）

⑧禮は民心を節し、樂は民聲を和し、政以て之を行ひ、刑以て之を防ぐ。禮樂刑政四ながら達して悖《もど》らざれば、則ち王道備はる。

（同右、五六二〜五六三頁）

⑨樂は同じくすることを為し、禮は異にすることを為す。同じければ則ち相親み、異なれば

則ち相敬す。樂勝てば則ち流れ、禮勝てば則ち離る。情を合せ貌《ぼう》を飾るは禮樂の事なり。（同右、五六三頁）

⑩樂は中より出で、禮は外より作《おこ》る。楽は中より出づ、故に静なり。禮は外より作る、故に文なり。（同右）

⑪大樂は天地と和を同じくし、大禮は天地と節を同じくす。（同右、五六五頁）

⑫樂は聖人の樂む所なり、而して以て民心を善くす可し。其の人を感ぜしむること深く、其れ風を移し俗を易《か》ふ。（同右、五七三頁）

⑬君子曰く、禮樂は斯須《しばらく》も身を去る可からず。樂を致して以て心を治むれば、則ち易直子諒《りやう》の心油然《いうぜん》として生ず。（同右、五九八頁）

①は「音」は人の心から生じるが、人の心が物（外界の出来事）と接触したものであるとし、②では「音」は、人の心が外界と接触して生じた感情を反映し、声の文によって生れる音楽であるとする。この「音」には③にあるよう、「治世の音」、「乱世の音」、「亡國の音」などの違いがあり、「政と通ず」と政治と深い繫がりを持っている。④では、声を知って音を知らざる者は禽獣であり、音を知って楽を知らざる者は庶民であって、⑤にあるよう、ただ君子のみは倫理に通じ、楽を知ることができるとする。声を審らかにすることにより音を理解し、音を審

らかにすることによって楽を理解し、楽を審らかにすることによって、政治を理解することができれば、治道即ち国を治めるに必要な優れた統治能力が備わったことになる。⑥のように、楽を理解すれば、礼の体得も間近であり、⑦にあるよう、礼と楽を二つながらに習得し得たものを「有徳」といい、徳とは礼を楽と共に得たことを示す。⑧では、礼は民の心に節度を与え、楽は民の声を和する働きがあり、そして政を行い、刑によって邪を防ぐ。礼楽政刑の四つが行われ、王道が備わることになる。⑨では「樂は同じくすることを為し、禮は異にすることを為す」という楽は、共に楽しむことにより、総ての人々が同じであることを感じさせ、一つに結びつける。これに対し、礼は彼我の区別を意識させ、その位置の自覚を呼び覚ます。また、⑩⑪では「樂は中より出で、禮は外より作る」「樂は天地の和であり、禮は天地の秩序である」とも記し、「禮」「樂」の違いを明確化している。⑫では音楽が聖人の楽しむものであり、これによって民心を善導することができること。さらに、音楽は人を感化する力が大きく、風俗を改化する効用があることを記している。従って⑬のよう君子は「礼樂は斯須も身を去るべからず」と、身辺から遠ざけてはならないものとされるのである。

要点を挙げれば、政治と深い繫がりをもつこと、君子のみが礼楽を体得できること、礼楽に人々を善導する効用があること、そして君子は礼楽を身辺から遠ざけてはならないことである。

そうした音楽思想の中でも琴の琴は、古注釈が指摘するところによれば「琴者禁也禁止於邪気以正人心也」（『白虎通』）や、「衆器之中琴徳最優」（『文選』琴賦）とあるよう、「人の心を正す」楽器として、また「最も徳の優れた楽器」として特別な意味を持つこととなる。従って、須磨へ琴の琴を携えた源氏の姿は、琴の琴を身辺から離すことがない君子の姿に重なるのである。

ただし、光源氏が須磨に携え、そして奏でた琴の琴は、先に『礼記』でみた「移風易俗」のように、政治と通じ、民の教化に主眼を置くような君子の音楽とは些か距離があるように思われる。源氏の須磨での暮らしぶりは、江州へ左遷された白居易の隠遁生活をあたかも実践するかのようであり、そこに認められるのは儒家思想というよりはむしろ、以下で見る道家に沿う思想ではなかろうか。

二　儒家の琴と道家の琴

中国古琴史研究では古琴（七絃琴）を儒教、道教、仏教の三つの視点から捉えることを基本とし、儒・道における琴は「心」や「感情」の問題を軸に二項対立的に捉えられている。それぞれの命題は、儒家が既に見た「琴者禁也」であり、道家では中国明代の李贄《りし》が『焚書』で論じた「琴者心也」である。(7) 苗建花氏(8)によりまとめると、次のようになる。

まず儒家の琴は「治国の道具」として用いられ、民衆を教化する効用に主眼が置かれる。その中心となる命題が、「琴者禁也」という考えであって、音楽は政治・礼法に奉仕するものという認識である。中でも伝統音楽の代表である古琴は「治国」「平天下」(『礼記』大学)といった特殊な意味づけをされ、「琴は禁也。邪を禁止し、以て人心を正すなり」と、教化の効用に主眼が置かれ、古琴そのものの芸術性は認められず、特に感情面に関して禁止・禁忌されることが多くあるという。というのも、人の心を穏やかに保つこと(平和・中和)が重視されるため、美の追究は人の心を乱す行為と考えられたためである。従って古琴の世界では「非美」、つまり美しくないことが求められる。庶民音楽の代表である「鄭声」[9]は、儒家によって「淫声(みだらな音楽)」[10]とされ、「悲楽(哀しみを湛えた音楽)」は平和・中和を乱すとされた。悲楽は、その時の政治のあり方とも関わり、正しい政治が行われていない反映として楽の音色に現れると考えられたわけである。「教育化」といった外部との関係が重視された結果、古琴は芸術性を追求せず、心の追求をせず、その発展は束縛され、人々の間から次第に姿を消していったとされる。

一方、道家思想において琴は、感情を表す道具として利用される。音楽の自然回帰であり、音楽を通して人の自然な感情を表すとされるのである。中心は李贄が『焚書』琴賦の中で唱えた「琴者心也」であり、これは琴学の中でも重要な命題として位置づけられている。遡れば、老子の「大音希聲（大音は聲希く）[11]」や荘子の「法天貴真（天に法りて真を貴び）[12]」が挙げられ、「自然が美」であることを主張する老子であれば、「淡兮其無味（淡として其れ味無し）[13]」との音楽風格が追求され、老子の自然観を継承した荘子であれば、儒家の礼楽思想に対して音楽が人間の自然な感情を表すべきで、人工的な礼法に束縛されるべきではないという批判が現れることとなる。「淡」という古琴の音色の特徴は、儒家においても重んじられるが、このような主張の下では、「情」や「悲楽」が肯定的に捉えられることとなり、また、古琴音楽の娯楽機能、つまり音色を楽しむことが強調されることとなる。こうした儒・道それぞれの思想を継承・発展させた人物として、白居易が挙げられており、確かにそのような思想の混在が白居易の描く音楽に指摘されるところであった。

三　須磨の琴と白居易の琴

須磨の源氏の姿に、老荘思想に依拠した「方外の士」が指摘されている通り、源氏の生活スタイル・ポーズは俗塵から離れた文人的生活であり、具体的には白居易の江州左遷時代の詩が、退居のわびしさを強調することや[14]、源氏謫居の構想や流謫の折の理想像であると指摘されている[15]。数多く引用される白詩で重要なポイントは、表現の仮借などではなく、光源氏自身が自らを白居易に重ね合わせようとする、そうした意識までも強く読み取れることであろう。

かの山里の御住処の具は、え避らずとり使ひたまふべきものども、ことさらよそひもなくことそぎて、またさるべき書ども、文集など入りたる箱、さては琴一つぞ持たせ給たまふ（須磨巻一七六頁）[16]

源氏が須磨へ退居する時の所持品として明記されるものは『白氏文集』と琴の琴一張であった。これは『白氏文集』巻二十六・「草堂記」の「堂中設木榻四、素屛二、漆琴一張、儒道佛書各三両巻」による表現である。元和十年の冬の初め、江州に左遷された白居易は、翌年元和十一年二月に廬山に赴き、この年の秋に草堂の造営を決意し、元和十二年三月二十七日に香爐峯下に造営した草堂へ移り住んだ。[17]草堂には「漆琴一張」と「儒仏道」の書物が持ち込まれた。中西進氏は「『白氏文集』のみならず琴にまで言及するところを見ると、草堂に入った白楽天とひとしい感情を、源氏に認めていたと考えてよいであろう」とし、[18]高橋亨氏は漢詩文を作り、琴を弾じる源氏に、彼が自身を白居易の草堂の生活になぞらえていることを指摘している。[19]引用箇所では、源氏にとっての『白氏文集』が、白居易にとっての「儒道仏」の書物に対応する。では白居易にとってこれらの書物は何であったのか。下定雅弘氏によれば、「貶謫の境涯を老荘の観念で解釈して心の平安を保とうというもの[20]」とされ、さらに左遷時に多く作製された閑適詩においては、老荘に依拠した観念が多く述べられており、三種の書物の中でも道教の書が白居易の心の平安を保つ拠り所であったようである。つまり、源氏にとって「琴」とともに携えられた『白氏文集』は、白居易が心の平安を保つために持ち込んだ書物に等しいものと見てよいだろう。このような源氏自身の白居易志向は、白詩を繰り返し口ずさむ彼の姿からも窺える。

須磨の八月十五夜に、源氏は殿人の御遊を思い出し、都の女君たちへ思いをはせ「二千里外故人心」(須磨巻二〇二頁)と誦して涙を流した。この詩句は『白氏文集』巻十四・「八月十五日、夜禁中に独宿し、月に対して元九を憶ふ」の中の「三五夜中新月の色　二千里外故人の心」による。八月十五夜、白居易は独り翰林に宿直していたが、折から昇り始めた月を仰いで、遠く江陵に左遷された親友の元稹の身の上を思いやって詠じた詩句を口ずさみ、涙するのであった。春には宰相中将が須磨へ来訪した。漢詩を作るなどして、一晩中語り明かし、その別れの場面で源氏と中将は「酔ひの悲しび涙灑く春の盃の裏」(須磨巻二一五頁)と声を合わせて口ずさみ別れを惜しむ。これも『白氏文集』巻十七・「(元和)十年三月三十日、微之の澧上に別る。十四年三月十一日夜、微之に峡中に遇ひ、舟を夷陵に停め、三宿して別る。言の尽くさざる者は詩を以て之を終へんとす。因って七言十七韻を賦して以て贈り、且つ遇ふ所の地と相見るの時に寄せて、他年会話の張本と為さんと欲する也」の十五・六句、「酔ひの悲しび涙を灑く春の盃の裏　吟苦して頤を支ふ暁燭の前」による。元和十年三月に元稹が通州の司馬に左遷されて赴任する時、白居易は彼を長安の澧上のほとりまで送った。そして八月には白居易が江州の司馬に左遷される。十四年三月、白居易は忠州の刺史に進んで赴任のため江を上り、偶然、揚子江を下ってくる元稹と、夷陵で五年ぶりに再会する。二人は三日三晩語り合った。詩は七言十七韻三十四句の長篇であり、その詩中で白居易は、流謫不遇のうちに五十歳を迎えようとする夢のような生涯を嘆いて、「酔ひの悲しび涙を灑く春の盃の裏　吟苦して頤を支ふ暁燭の前」と歌うのであった。源氏はこの白居易と元稹の再会に自身と宰相の関係を重ね合わせるのである。また須磨のわび住まいは「竹編める垣し渡して、石の階、松の柱」（須磨巻二一三頁）とされ、これは『白氏文集』巻十六・「香爐峯下新卜山居草堂初成　偶題東壁　五首」の「五架三間の新草堂、石階松柱竹牆を編む」という白居易の草堂を摸した造りとなっており（注21）、源氏が須磨での生活で白居易を強く意識していたことの裏付けにもなろう。このように強く意識された白居易は、どのように琴を描き出しているのか、また『白氏文集』と共に「琴」を携えた光源氏とのどう関わるかという点を考えてみたい。

四　『白氏文集』諷諭詩・閑適詩における琴

a　諷諭詩における琴

『白氏文集』ではその詩が諷諭・閑適・感傷・律詩の四つに分類され、それは「与元九書」（『白氏文集』巻二十八）に述べるよう、元和十年（八一五）に、江州で、それまでの作を十五巻に編集した時に考えられた。中でも諷諭詩と閑適詩は思想基盤が明確で、諷諭詩は「兼済」の志の表現であり、それは『詩経』の六義に見える儒家思想に基づくものである。一方、閑適詩は主に、老荘、特に荘子に拠るところが多い詩である。既に中純子氏が、諷諭詩では儒家的な枠組みで音楽をモチーフにし、閑適詩では極めて精神的な、音と心の世界が構築されていたことを指摘しているが[22]、いくつか詩を確認しながら儒家的な琴と道家的な琴の表現方法の特徴を摘出し、『源氏物語』と関わるかを確認したい。

諷諭詩で「琴」が詠み込まれた詩は「廃琴」「寄唐生」「鄧魴張徹落第」「丘中有一士　二首」、秦中吟十首の「五絃」、和答詩十首の「和思歸樂」「答桐花」、新楽府「五絃彈」がある。元和元年（八〇六）から十年（八一五）までにその大部分が書かれたが、そこには若き白居易が政治に参画しようとする意気込みとともに、「琴」表現からは儒家の伝統的概念によっていかに把握されていたかが窺える。
陶淵明の無絃琴と関わる「丘中有一士　二首」や、『文選』巻四六・「豪士賦序」に載る孟嘗君の故事と関わる「和思歸樂」、点描でしかない「答桐花」を除いた詩文には、白居易の音楽観がよく現れている。古琴の音が響いた聖代としての「古」と、古琴が顧みられず華美を好む「今」が対照的に語られ、廃れゆく琴に諷諭の意が託されていくのである。まず、「廃琴」を引く。

絲桐合為琴　中有太古聲
古聲淡無味　不稱今人情
玉徽光彩滅　朱絃塵土生
廢棄來已久　遺音尚泠泠
不辭為君彈　縱彈人不聽
何物使之然　羌笛與秦箏

絲桐合せて琴と為す　中に太古の聲有り
古聲淡くして味無し　今人の情に稱ず
玉徽光彩滅し　朱絃塵土生ず
廢棄せられて來已に久し　遺音尚ほ泠泠たり
君が為に彈ずるを辭せず　縱ひ彈ずるも人聽かず
何物か之をして然らしめたる　羌笛と秦箏と

「廃琴」では、古琴に「太古聲」があるとし、古琴の音色は「古聲淡無味（古聲淡くして味無し）」とされる。古琴では儒家、道家ともに「淡」という風格が尊重されることは先に述べたが、この「淡」なる音のために古琴が顧みられないようであれば儒家的な表現となり、「淡」

なる音が、自己の心情と結びつき、その音色を楽しんだり、心に平安をもたらすような表現となれば、道家的な表現と言える。この「廃琴」では、「淡」なる琴の音を人々は好まず、聖代を象徴する「琴」は廃棄され、そこには俗論が用いられ君子の言が世に受け入れられないことが喩えられているのである。「俗」に対置される琴は、「鄧魴張徹落第」でも歌われている。落第した鄧魴・張徹の二人を古琴と貞松に喩えて慰めるこの詩では、「古琴無俗韻　奏罷無人聽（古琴俗韻なく　奏し罷んで人の聴く無し）」と「俗」な音のしない「古琴」、艶やかな花のない「松」、どちらも世人には顧みられず、人々は「牡丹」や「秦箏」といった華やかなものに惹かれていくが、「松」も「古琴」も決して自己を改めないことを詠い、二人に「念此無自輕（此を念うて自ら輕んずる無かれ）」と、世俗に媚びることがないように訴えている。「寄唐生」では、「薬良氣味苦　琴淡音聲稀（薬良ければ気味苦く　琴淡ければ音聲稀なり）」と、やはり「淡」なる音色のために、琴が顧みないことを世の習いとして詠い、同じく自分の詩も世人に受けが悪いが、いつか天子の耳に届くことを切に望むと詠うのであった。

「五絃」と「五絃弾」は、藤田貴枝子氏によって早くから白居易の音楽観を見取る上で注目されている。[23] 詩題にある「五絃」は五絃琵琶であり、「五絃弾」はその名手である趙璧の弾奏の描写から始まる。彼の演奏後にそれを聞いた「遠方の士」に感慨の言葉を吐かせ、その言葉に対して白居易が物言いをするという構成で、『礼記』楽器篇の引用などを通して、雅声なる古楽を重視すべきことを詠う詩である。趙璧の優れた演奏後に発せられる「遠方の士」の言葉を引こう。

自歎今朝初得聞　　自ら歎く今朝初めて聞くを得たる
始知孤負平生耳　　始めて知る平生の耳に孤負するを
唯憂趙璧白髪生　　唯憂ふ趙璧白髪生じ
老死人間無此聲　　老死して人間此聲無からんことを

趙璧が老死してこの音色が世間から失われることを心配する「遠方の士」に対し、白居易は次のように言う。

遠方士　　遠方の士
爾聽五絃信為美　　爾五絃を聴いて信に美なりと為す
吾聞正始之音不如是　　吾聞く正始の音は是の如くならず
正始之音其若何　　正始の音其れ若何
朱絃疏越清廟歌　　朱絃疏越して清廟を歌ふ

一彈一唱再三歎
曲淡節稀聲不多
融々曳々召元氣
聽之不覺心平和
人情重今多賤古
古瑟有絃人不撫
更從趙璧藝成來
二十五絃不如五

一彈一唱再三歎ず
曲淡く節稀にして聲多からず
融々曳々として元氣を召く
之を聽けば覺えず心平和なり
人情今を重んじて多く古を賤む
古瑟絃有るも人撫せず
更に趙璧藝成りてより來
二十五絃五に如ず

「正始之音」が「曲淡く節稀にして聲多からず」と、その曲調は「淡」であって、「之を聽けば覺えず心平和なり」と聞く者を平和な心に浸らせると言う。人々を教化する琴の効用を詠んでおり、それは『礼記』楽記篇の「故に樂行はれて倫清く、耳目聰明にして、血気和平なり。風を移し俗を易へて、天下皆寧し」（新釈漢文大系『礼記』中、五七九頁）の精神に符合するものである。「古瑟」とあるようここで詠われるのは七絃琴ではないが、「瑟」は「琴」とならんで「古楽」の象徴的な楽器でもある。「五絃弾」の翌年に作られた「五絃」では、

嗟嗟俗人耳　好今不好古　　嗟嗟俗人の耳　今を好んで古を好まず

所以緑窓琴　日日生塵土　　所以に緑窓の琴　日日塵土を生ず

と俗人が新しい音楽を好み、琴にほこりが積もる様を詠う。ここでも先の「廃琴」と同様の精神が詠われている。以上見てきたように、諷諭詩では「古」と「今」の対比で詩が構成され、その音色が「淡」なるために「今」顧みられることはないという表現形態を取る。それらの詩で琴の音色が写し取られたり、また音色を楽しんだりということは歌われない。『源氏物語』で言えば、女楽の折に語られる源氏の琴論が、この形態で語られていると言えよう。

b　閑適詩における琴

一方、閑適詩になると、琴の音色とそれを楽しむ姿が一種の満足感を伴い歌われるようになる。琴に関して歌う詩は多く、俗塵から離れ、「琴」と共に「酒」「詩」「書」を楽しむ自適した精神が歌われる。いくつか例を挙げながら見ていくと、「聽彈古淥水」では、「君が聞く古淥水　我が心をして和平ならしむ」とあなたが古淥水を聞けば、心を和平にすると聞き、実際聞いてみたら、なるほど、古雅な調子で、聞きしにまさる妙趣があるという。「竟日餘清有り」と終日その音色の余韻に浸っている。この詩では、我が心と音楽の繋がり、音楽そのものを楽しむ心情が述べられている。そうした姿は「松齋自題」では、「琴聊以自娯（琴は聊か以て自ら娯しむ）」と琴を独り弾じて楽しむ姿として、またそうした生活が「自然にして晏如多し」と苦労なく、無事安泰な生活だと歌われる。「清夜琴興」は、秋の夜に琴を弾じて楽しんだことを述べ、「清泠木性に由り　恬淡人心に隨ふ　心は和平の氣を積み　木は正始の音に應ず」と琴の音は正始の音に合い、心は「恬淡」で安静、平和の気に満ちているという。江州時代の詩である「夜琴」を見てみよう。

蜀桐木性實　楚絲音韻清　　蜀の桐は木の性實なり　楚の絲は音韻清し
調慢彈且緩　夜深十數聲　　調慢にして彈くこと且つ緩し　夜深けて十數聲
入耳淡無味　愜心潛有情　　耳に入りて淡くして味無く　心に愜うて潛に情有り
自弄還自罷　亦不要人聽　　自ら弄びて還た自ら罷む　亦人の聽かんことを要せず

夜に琴を弾じ、楽しむことを述べた詩で、「入耳淡無味　愜心潛有情　自弄還自罷　亦不要人聽」と琴をかき鳴らせば、その音は淡泊で何の味わいもないけれど、静かに聞けば風情があり、ただ自分で楽しむのであるから、他人に聞いて貰おうというのではないとする自足した心が歌われている。

以上「琴」表現において特徴的な諷諭詩と閑適詩を概観した。諷諭詩では琴が社会状況と結びつけて歌われ、それは聖代としての「古」や「正始」を象徴するものとして歌われる。そこでは琴が、音色を響かせ、楽しまれることはない。一方、閑適詩において琴は、心と結びつけられ、その音色は楽しむものとして位置づけられることとなる。心を「和平」ならしめる楽器として琴が歌われるのである。そして、この閑適詩における琴の有り様は、『白氏文集』全体を通しても言うことができる特徴である。よく知られるように「琴詩酒」を三友とした白居易の詩には、琴を歌う詩が多く存在し、その多くが詩を作り、酒を飲み、琴を楽しみ、現在自己が置かれている境遇の満足を歌うものとなっている。無論、左遷の憂き目にある時に琴・詩・酒を楽しむ姿が歌われるからと言って、その現状に満足していたと言うわけではないが、ただし、詩中において琴が先に述べたように肯定的に捉えられる特徴に変わりはない。特に閑適詩では、左遷された我が身を嘆くのではなく、老荘に寄り添いつつ、詩を作り、酒を飲み、琴を弾じて楽しむといった有意義な時間を有する境遇として肯定的に捉えられている。『白氏文集』とともに琴の琴を須磨に携えた源氏は、そうした俗塵から離れ、琴を楽しみ、自己の置かれた境遇を肯定的に捉えながら穏やかな日々を送る白居易の姿に倣ったのではなかろうか。須磨での生活が、白居易を擬えたものであることは、よく言われるが、しかし、源氏が須磨で奏でる琴は白居易が描く琴と同じではない。白居易が琴の音を楽しみ、それが心に平安をもたらすのとは違い、源氏が奏でる琴は、彼すらも気付かない心の懊悩を表出するものとして語られる。それは「琴者心也」という道家的な琴の延長線上にあり、白居易「閑適詩」的な琴にも通じながら、その音色に湛えられるのは自足した精神ではなく、都を思う悲哀の情であった。

五　須磨で奏でられる琴の琴

須磨には、いとど心づくしの秋風に、海はすこし遠けれど、行平の中納言の、関吹き越ゆると言ひけん浦波、夜々はげにいと近く聞こえて、またなくあはれなるものはかかる所の秋なりけり。御前にいと人少なにて、うち休みわたれるに、独り目を覚まして、枕をそばだてて四方の嵐を聞きたまふに、波ただここもとに立ちくる心地して、涙落つともおぼえぬに枕浮くばかりになりにけり。琴をすこし掻き鳴らしたまへるが、我ながらいとすごう聞こゆれば、弾きさしたまひて、

恋ひわびてなく音にまがふ浦波は思ふかたより風や吹くらん

とうたひたまへるに、人々おどろきて、めでたうおぼゆるに忍ばれで、あいなう起きゐつつ、鼻を忍びやかにかみわたす。（須磨巻一九八～一九九頁）

古来、名文として名高い箇所である。引き歌に関してはよく知られるので省略することとして、傍線を付した白詩の引用箇所と、琴を弾じる箇所に触れておきたい。「枕をそばだてて四方の嵐を聞きたまふに」は、『白氏文集』巻十六「香鑪峯下新卜山居草堂初成　偶題東壁　五首」の第四首にある、「遺愛寺の鐘は枕を欹てて聴き　香鑪峯の雪は簾を撥げて看る」に拠り、

白居易草堂を強く喚起させる表現であり、「鐘」の音が「嵐」の音に置き換わっている。夜更けに一人起き出して琴を弾くという構図に加藤静子氏は、元籍「詠懐詩」中の第一首冒頭部「夜中に寝ぬる能はず　起坐して鳴琴を弾ず」を踏まえていると指摘する。(24) 気付かぬうちに溢れ出る涙に、心を落ち着けようと琴を奏でるが「我ながらいとすごう」聞こえるほど、その音色は心の憂愁を湛えていた。源氏の「恋ひわびて」の歌は、「都恋しさに耐えかねて泣く声かと聞こえる浦波の音は、恋しく思う都の方角から風が吹くからであろうか」の意で、琴に現れた感情は都恋しさであった。(25) ここに語られた秋の情趣に「あはれ」と感じ、毎日を過ごしていける者が、脱俗の文人であろうが、源氏はそうではない。「涙」と共に琴は語られ、それは次の場面も同様である。

　ましで五節の君は、綱手ひき過ぐるも口惜しきに、琴の声風につきて遥かに聞こゆるに、所のさま、人の御ほど、物の音の心細さとり集め、心あるかぎりみな泣きにけり。

（須磨巻二〇四頁）

源氏が奏でる琴の音が風に乗り、帰京途中の五節一行の耳に届く。その音色はやはり「みな泣きにけり」とあるよう、人々の涙を誘うのである。川島絹江氏は、この場面における弾琴と五節登場の構図に、天武天皇の五節舞起源伝を源泉として指摘している。(26) 同様に五節と琴の関わりに注目する栗生浩二氏は、この両者が「儒教的な徳治主義の理念を負う」という共通性から「光源氏が「楽」としての「琴」の琴をかなでることを通して今上帝の治世への諫言のあらわれであったと考えられはしないか」と後に語られる天変地異との関わりを指摘する。[27] ただし、これまで『礼記』や白詩諷諭詩で見てきたように、儒家的な琴は「古」の象徴であり、また民衆教化に主眼が置かれ、政治・礼法に奉仕するものであり、琴の琴を須磨へ携える源氏に『礼記』のいう「礼楽は斯須も身を去るべからず」という君子の姿を読み取れるとはいえ、治世への諫言が込められているとまでは言い切れないのではないか。現段階では、ここでの琴は「琴者、心也」という道家的な琴に連なると考えておく。この箇所で琴は、源氏の心情を湛え、聞く者に涙を催すものとして語られている。

季節は冬へと移り、そこで源氏は琴を奏で、良清に歌わせ、大輔に横笛を吹かせている。

冬になりて雪降り荒れたるころ、空のけしきもことにすごくながめたまひて、琴を弾きすさびたまひて、良清に歌うたはせ、大輔横笛吹きて遊びたまふ。心とどめてあはれなる手など弾きたまへるに、こと物の声どもはやめて、涙を拭ひあへり。昔胡の国に遣はしけむ女を思しやりて、ましていかなりけん、この世にわが思ひきこゆる人などをさやうに放ちやりたらむことなど思ふも、あらむことのやうにゆゆしうて「霜の後の夢」と誦じたまふ。

（須磨巻二〇八頁）

源氏が心を込めて琴を弾じると、供人はみな演奏をやめ、琴の音色に耳を傾け涙する。源氏は「昔胡の国に遣はしけむ女を思しやりて」と、王昭君の故事へと思いを馳せ、紫の上が都を追われるようなことがあったらなどと思うと、それがあり得ることのように思われて「霜の後の夢」と口ずさむ。この詩句は「胡角一声の霜の後の夢　漢宮万里月の前の腸」(『和漢朗詠集』巻下・王昭君、大江朝綱)により、胡の角笛が霜夜の夢を醒まし、遠く隔たった漢の都を偲ばせるよう、源氏は琴の音によって王昭君のことを我が身に起こりうることと思ったのであろう。供の者たちの涙を誘うのは、琴の音にそうした源氏の憂いが現れていたためと考えられる。

まとめ

見てきたように、源氏が須磨で奏でる琴は憂愁の思いを湛え、それは治世の道具として捉えられる儒家的な琴とは距離があり、心との繋がりを重視した道家的な琴に連なるものである。しかし、道家的な琴として完全に括れるかというとそうではない。白居易閑適詩で見たように、俗塵から離れ、琴の音色を楽しみ、自足した精神が表れることがないのである。当然、源氏の涙を誘う音色は「悲楽」であり、儒家的観点に立てば正しい政治が行われていない反映だと取ることもできる。ただし見てきたように、単に「儒家的な礼楽思想に基づく」と一括りにできない複雑さを内包していることだけは明らかなように思う。

政治的には不遇な境遇に身を置きながらも、老荘思想に身を委ね、白居易は琴詩酒を楽しんだ。『白氏文集』に見られるその白居易の姿を、『白氏文集』を携え、時に白詩を口ずさみ、そして住まいを白居易の草堂に擬えた源氏は理想としたのだろう。しかし、源氏はポーズとしては白居易を模倣しながらも、俗塵から離れ琴の音色を楽しむような肯定的な心情とは異なり、その音色には常に都への執着がまとわりつくように語られていく。「方外の士」を志向しながらも、そうした境地に徹しきれない源氏の姿が、須磨で奏でられる音楽に見て取ることができるのである。

注

（1）多角的に古代の音楽を論じた最近の研究として、堀淳一編『王朝文学と音楽』（竹林舎、二〇〇九年十二月）があり、琴の琴に関しては『琴の文化史　東アジアの音風景』（『アジア遊学』一二六号、勉誠出版、二〇〇九年九月）がある。

（2）久下裕利「音楽相伝譚―『物語の回廊―『源氏物語』からの挑発』新典社、二〇〇〇年十月。廣田收「『源氏物語』における音楽と系譜」『源氏物語の探究』第十三輯、風間書房、一九八八年七月。小嶋菜温子「六条院と音楽―光源氏主題の消長をめぐつて―」『源氏物語の探究』第十二輯、風間書房、一九八七年七月。三苫浩輔「源氏物語の音楽相伝」『源氏物語の伝承と創造』おうふう、一九九五年二月など。

（3）上原作和『光源氏物語の思想史的変貌　〈琴〉のゆくへ』有精堂出版、一九九四年十二月

（4）増尾伸一郎「歌儛所・風流侍従と和琴師—古代音楽思想史の一面」『アジア遊学』一二六、勉誠出版、二〇〇九年九月。

（5）上原作和「〈琴〉のゆくへ（2）—楽統継承譚の方法あるいは光源氏物語の思想史的位相—」『光源氏物語の思想史的変貌　〈琴〉のゆくへ』有精堂出版、一九九四年十二月。氏は「《琴》を爪弾く光源氏　琴曲「広陵散」の《話型》あるいは叛逆の徒・光源氏の思想史的位相」（『光源氏物語學藝史　右書左琴の思想』翰林書房、二〇〇六年五月）でも、文人的な琴の思想を再考している。

（6）福島和夫「礼楽は斯須も身を去る可からず」『日本音楽史叢』和泉書院、二〇〇七年十一月。笠原潔「『楽記』注解（一）～（六）」『名古屋芸術大学研究紀要』第四～第九、一九八二年三月～一九八七年三月。笠原潔「日本の楽書と礼楽思想」『中世音楽史論叢』和泉書院、二〇〇一年十一月。

（7）『焚書』巻五・讀史・琴賦
白虎通曰「琴者禁也。禁人邪惡、歸於正道、故謂之琴。」余謂琴者心也、琴者吟也、所以吟其心也。

（中華書局『焚書』二〇五～二〇六頁）

（8）苗建花「古琴美学中的儒道佛思想」『音乐研究』二〇〇二年、第二期

（9）『論語』衛霊公　第十五
顔淵問為邦。子曰、行夏之時、乘殷之輅、服周之冕、樂則韶舞、放鄭聲、遠佞人。鄭聲淫、佞人殆。

（新釈漢文大系『論語』、三三九頁）

（10）『論語』陽貨　第十七
子曰、悪紫之奪朱也。悪鄭聲之亂雅樂也。悪利口之覆邦家者。

（新釈漢文大系『論語』、三八八頁）

（11）『老子』同異第四十一
大方無隅、大器晩成、大音希聲、大象無形。道隱無名。

（新釈漢文大系『老子　荘子上』、七七頁）

（12）『荘子』漁夫第三十一
禮者、世俗之所為也。眞者、所以受於天也。自然不可易也。故聖人宝天貴眞、不拘於俗。

（新釈漢文大系『荘子』下、七七九頁）

（13）『老子』仁徳第三十五
執大象天下往、往而不害、安平太。樂與餌、過客止。道之出口、淡兮其無味。視之不足見、聽之不足聞、用之不足既。

（新釈漢文大系『老子　荘子上』、六七頁）

（14）中西進「須磨」『源氏物語と白楽天』岩波書店、一九九七年七月。

（15）古沢未知男「須磨・明石巻外（断章式引用）」『漢詩文引用より見た源氏物語の研究』桜楓社、一九六六年六月。丸山キヨ子「源氏物語すまの巻に与へた白氏文集の影響」『源氏物語と白氏文集』東京女子大学学会、一九六六年八月など。

（16）『源氏物語』本文は『新編日本古典文学全集』（小学館）により、巻名・頁数を付した。

（17）源氏が須磨へ退居した日にちは「三月二十日あまりのほど」（須磨巻一六三頁）であり、一般には安和二年（九六九）三月二十六日に左遷された源高明に準拠すると知られているが、白居易の草堂への移住も「時三月二十七日、始居新堂」（「草堂記」）であり、近い日付であることは興味深い。

(18) 中西進「須磨」『源氏物語と白楽天』前掲。

(19) 高橋亨「唐めいたる須磨」『むらさき』第二〇輯、一九八三年七月。

(20) 下定雅弘「詩における老荘と仏教―その『長慶集』から『後集』以後への変化について―」『白氏文集を読む』勉誠社、一九九六年六月。

(21) 通行本では「桂柱」となっている箇所は、平安中期書写本では「松柱」につくる（花房英樹『白氏文集の批判的研究』中村印刷出版部、一九六〇年）。

(22) 中純子「伝統の音を楽しむ」『詩人と音楽』知泉書院、二〇〇八年十一月。

(23) 藤田貴枝子「白詩「五絃弾」考―諷諭詩における白居易の音楽観―」『日本文學論究』第三十三、一九七三年十一月。

(24) 加藤静子「須磨の巻の「琴」の琴から松風へ―物語生成の一断面―」『相模国文』第十八号、一九九一年三月。

(25) 『新編日本古典文学全集』（小学館）では、「恋ひわびて泣く」の主語を、源氏のことを「思ふ」都の人々とし、「恋しさに堪えかね泣く声かと聞える浦波の音は、わたしのことを思っている人たちのいる都の方から吹いてくるせいであろうか」と解釈するが、藤河家利昭氏が「この歌の「恋ひわびてなく音」は、源氏が四方の激しい風を聞いていると、波がすぐここにうち寄せて来るような心持ちになって、知らないうちに涙を落としていたとあるので、源氏の泣き声と考えるのが順当であろう」（「旅と『源氏物語』―琴と絵を通して見る源氏像―」『旅と日本文学』広島女学院大学総合研究所、二〇〇一年三月）と指摘する。

（26）川島絹江「光源氏弾琴の意味」『『源氏物語』の源泉と継承』笠間書院、二〇〇九年三月。

（27）栗生浩二「『源氏物語』須磨退居の理念―さては琴一つぞ―」『同志社国文』第三十八号、一九九三年三月。

朗詠と雅楽に関する一考察

青柳隆志

はじめに

慈恵大僧正良源（九一一～九八五）の伝記としては、良源の没後四十六年を経て、長元四年（一〇三一）九月、藤原斉信が撰した『慈恵大僧正傳』が先ず挙げられる。しかし、繁を省いたことによるその漏落を補うものとして、良源の直弟子梵昭（九六三～一〇三二）が翌長元五年（一〇三二）正月に撰した『慈恵大僧正拾遺傳』のあることが従来知られていたが、昭和四十年、櫛田良洪氏により、元亨三年（一三二三）の沙門明位の書写奥書を有する当該書が、東寺宝菩提院三密蔵より発見された（現、大正大学図書館蔵。『大日本史料』第一篇 第二十二冊に収載）。その中に、朗詠と雅楽に関する、注目すべき記述が存する。

『慈恵大僧正拾遺傳』延暦寺講堂等五堂落慶供養（天禄三年（九七二）四月三日）条

「次供花。菩薩八人、鳥舞童六人、胡蝶童八人、新作舞童十六人（唐名『天人階仙楽』・高麗名『仙童供花楽』)。但件二舞為楽頭、作笛請(譜カ)者、中宮権大夫従四位上源朝臣博雅、作朗詠者、従四位上行式部権大夫文章博士菅原朝臣文時、唐舞者右衛門少尉秦良助、作高麗舞者師多好成。方今伝聞、南北之歌唄、訪伶人於雅楽製、新古之妙課、以童於良家通出而舞、同音各詠、上卿及請僧脱衣袒、舞事之過差不可勝計」

延暦寺の惣持院、講堂、鐘楼、文殊堂、四王院、延命院、常行堂ならびに僧坊三十余りは、康保三年(九六七)十月二十八日に焼亡したが(『日本紀略』)、良源はただちにその再建に取りかかり、僅か五年の間に順次功成って、この日、講堂等五堂の落慶供養を催した。『天台座主記』は、その盛儀を次のように伝える。

「四月三日、講堂等五堂供養、先是去一日行習礼、請僧二百余口、伶人百五十人、法事以後終日舞楽、勅使蔵人頭右近中将兼修理大夫春宮亮源朝臣惟正并公卿・殿上人多以参会」

所謂舞楽法会は、応和三年(九六三)三月十九日、村上天皇の雲林院供養を契機として盛行したとされるが(『舞楽要楽』)、当該の法会はまさにその典型的なものであり、例えば『江家次第』巻十三に見える興福寺供養の、

「次迦陵頻八人、胡蝶八人、菩薩十六人(各擎供花一丁、行相分、経舞台上、別立壇下、伝供導師・咒願・十弟子等。伝供之後楽止)」

とも照応している。

この落慶供養で目を惹くのは、何と言ってもこの日のために新作された唐舞「天人階仙楽」、高麗舞「仙童供花楽」の童舞である。本邦における舞楽の新作は、例えば同じ時に舞われた「胡蝶楽」（舞＝藤原忠房、曲＝敦実親王）がそうであるし、「承和楽」「延喜楽」など、他にも例は多いが、唐楽・高麗楽を具備した本格的な舞楽曲の委嘱初演は、この落慶供養に対する良源の強烈な意気込みの現れであると言えよう。またその委嘱先が、源博雅、菅原文時という、いずれも後世に名を残す当代きっての人士であってみれば、良源がおよそ考え得る最高の布陣で臨もうとしたことは疑いを容れない。それはおそらく、唐舞の秦良助・高麗舞の多好成についても同様であろう。


ところで、源博雅の「作笛譜」とは、無論、舞楽曲の旋律を定めた笛の節付であろうが、それでは、菅原文時の「作朗詠」とは、どういうことであろうか。

「朗詠」は本朝で菅原道真が初めて用い、当初は詩会における新作詩文の集団的吟誦を表す用語であったが、『和漢朗詠集』の成立に並行して古詩文を吟詠する歌謡の名として定着していったことは、筆者が既に論じた通りである。(1) しかし、ここにいう菅原文時の「朗詠」は、そのような意味における「朗詠」とは、やや異なった性質をもつもののようである。本稿で筆者は、この「朗詠」の記述のもつ意義を検証することを通して、「朗詠」と「雅楽」との相互関係のありようを考えてゆくものとする。

一　舞楽法会と「詠」・「朗詠」

村上天皇の孫、克明親王の長子源博雅（九一八～九八五）は、笛・琵琶・（大）篳篥の達人として知られ、楽の蘊奥を極めたとされる伝説的な人物であるが、その顕著な公的功績としては、村上天皇の勅を奉じた『新撰楽譜』の編纂が挙げられる。康保三年（九六七）十月十四日、先行する貞明親王の『新撰横笛譜』を襲う形で撰進されたこの譜は、完本では伝わらないながら[2]も、「正四位下行左近中将兼近江権守源朝臣博雅」の署名をもつ跋文を有している。舞楽曲を笛の記譜で集成したこの譜が、当時の雅楽の基礎をゆるぎないものとする上で重要な機能を果したことは確かであり、当時五十歳の博雅がその撰述の任にあずかったことは、以て斯界の第一人者としての評価を窺わせる。この僅か二週間後、同年十月二十八日に延暦寺講堂等が焼亡したことを考えると、落慶供養までの五年の間に、博雅の声望はいよいよ増していたであろう。加えて、現在も舞楽の退出音声として頻繁に用いられる舞楽曲「長慶子」は、『教訓抄』に従えば、「此楽博雅三位造之。モロ々ノ退出音聲并ニ立チ楽ノ下高座等ニ用之」なのであって、かたがた、良源が新作舞楽の曲を依頼する相手として、博雅が当時考え得る最適任の人物であったことは疑われない。

唐舞を作ったとされる秦良助にも、同様のことが言えるであろう。『西宮記』巻八には、『新撰楽譜』撰進の直前、康保三年十月七日、村上天皇の御前で行われた殿上侍臣の奏楽において、「右衛門志秦良助大鼓」の記述が見える。この臨時楽は、左大臣小野宮実頼以下多くの廷臣がこぞって楽舞した空前の盛儀であり、また大篳篥・小篳篥が併記される最古の例としても知られる。ここでは源博雅も右馬允藤原清適とともに横笛を奏しており、秦良助が地下楽人としてではありながら、こうした場に抜擢されるような存在であったことがわかる。落慶法要の節には「右衛門少尉」に累進しており、『除目大成抄』によれば長徳四年（九九五）には、正六位上で遠江国の大目に任ぜられているので、楽人としての官途もまずまずであったと考えられる。

対して、高麗舞の作者、多好成については、本記事以外に知られるところがないが、同時代の人物として、落慶法要の二年前、天禄元年（九七〇）の一月十日に、藤原道綱母邸の試楽で舞の師をつとめ、「胡蝶楽」を舞ったとされる（『蜻蛉日記』）舞の名手、多好茂（好用・吉茂とも。九三四〜一〇一五）があり、おそらくその係累でもあろうか、あるいは「茂」と「成」の通用かとも考えられる。好茂とすれば当時三十九歳ということになるが、『御堂関白記』によれば、吉茂（好茂）は七十五を超えてもなお、矍鑠として舞ったという(3)。

右のように、新作楽の制作にあたっての良源の人選は、まことに当を得たものであったと言えるであろう。では、「朗詠」はどうであろうか。

菅原文時（八九九〜九八一）は、言うまでもなく菅原道真の孫であり、四歳の折に祖父の左遷に遭遇して一家離散の憂き目に遭ったが、よく文才を発揮して祖父の名を辱めず、晩年ついに従三位に叙せられ「菅三品」と称されたことはよく知られる。しかしその官途は決して順調とはいえず、対策及第は四十四歳、その後、右少弁から式部権大輔に任ぜられたのは六十七歳であった。安和元年（九六八）十一月、七十歳にして従四位上に叙せられ、次いで翌二年には所謂『粟田山荘尚歯会』の序者に抽きんでられたが、落慶法要の前年、天禄二年（九七一）三月二十八日、文章生試の出題をめぐって誤りを犯し、式部少輔橘雅文とともに勅勘を被り、十二月から職務停止となった。翌三年正月二十五日に勅勘は解けたが、七十四歳にもなって、専門の領分でのミステークをあげつらわれるのは、些か辛い仕打ちであったろうことは想像に難くない。

この年四月の落慶法要に向けて、菅原文時に依頼されたのは「朗詠」であった。この「朗詠」とは何だったのであろうか。

「朗詠」が歌謡の名称として定着するのは、先駆的な例はいくらかあるものの、基本的に『和漢朗詠集』の成立前後であると見てよかろうと思われる。藤原公任の『和漢朗詠集』の成立は、長和元年（一〇一二）四月二十七日を基準して考えてよいとするならば、ここにいう

「朗詠」は『和漢朗詠集』成立以前の、それもかなり遡った時点での用語であるということになる。もっとも、梵昭が『慈恵大僧正拾遺傳』をものしたのは、長元五年（一〇三二）のことであるから、その時点では既に『和漢朗詠集』は成立しており、現在いうところの「朗詠」という用語が一般化していたはずであって、してみれば梵昭はその用語をここに当てはめたのだということになろう。

この「朗詠」の正体は、当時の舞楽のありようからすれば容易に想像ができる。すなわち舞楽には、舞の途中で舞人が唱える「詠」という部分を持つものがあり、良源はその「詠」の詞章を文時に依頼したのだと考えることができるのである。

「詠」（ないしは「囀」）については、近年、磯水絵氏がそのありようと変容について、精力的な考究を続けておられ(4)、筆者もまた、別に論じたことがある(5)。現在の知見を総合すれば、無慮二百余曲（『新撰楽譜』）にも及ぶ当時の雅楽曲のうち、史料の上では、二十三曲に「詠」、七曲に「囀」の痕跡が認められるが、現在いずれも上演は絶えており、いかような形で行われていたものであったのかは判然としない。「詠」や「囀」の歌詞の形態は曲ごとにさまざまであって一定していないし、「詠」と「囀」の違いについても、例えば訓読と音読の差といった説はあるものの、畢竟、想像の域を出ない。

しかしながら、「詠」のなかには、本朝で作られた雅楽曲について、文人の詩文とおぼしい

作品が歌われるというケースも存在する。『源氏物語』紅葉賀には、

「源氏の中将は、青海波をぞ舞ひたまひける。片手には大殿の頭の中将、容貌、用意、人にはことなるを、立ち並びては、なほ花のかたはらの深山木なり。入りかたの月かげ、さやかにさしたるに、楽の声まさり、もののおもしろきほどに、同じ舞の足踏み、おもち、世に見えぬさまなり。詠などしたまへるは、仏の御迦陵頻伽の声ならむと聞こゆ。おもしろくあはれなるに、帝、涙をのごひたまひ、上達部、親王たちも、みな泣きたまひぬ。詠果てて、袖うちなほしたまへるに、待ちとりたる楽のにぎははしきに、顔の色あひまさりて、常よりも光ると見えたまふ。」

とあって、源氏が「青海波」の「詠」を美しい声で歌ったという記述が見られるが、「青海波」に「詠」のあることは源順の『和名類聚抄』(九三七以前)、源為憲の『口遊』(九七〇)に「有詠」としてそれぞれ徴証があり、その歌詞は、藤原師長の『仁智要録』(一一九二以前)によれば、

「青海波二人相替打袖行出楽四反……次詠云、「桂殿迎初歳」、次垣代取音……次又詠、「相楼媚早年」、次唱歌一拍子……次垣代奏当曲一拍子、……次楽屋奏一反、次詠云、「煎花梅樹下」、次垣代取音……次又詠云、「蝶鷰画梁辺」」

というものであった。その作者について、『仁智要録』は、貞明親王撰の『南宮横笛譜』(新撰

横笛譜)』(九二二)を引いて、「詠作小野篁」としており、また、藤原定家の『(源氏物語)奥入』(一二三三頃)も、楽人多久行(一一八一~一二六一)の説[6]として、

一 青海波詠之 多久行説、小野篁作

のように、野相公小野篁(八〇二~八五二)に擬定する。そしてこれは、『源氏』の古注にも、ひとしく受け継がれた[7]。

「桂殿迎初歳 桐楼媚早年 剪花梅樹下 蝶鸞画梁辺」

「青海波」は、大陸からの伝来曲とされるが、『教訓抄』の一説に従えば、仁明天皇の御代(八三三~八五〇)、もとの平調から盤渉調に改められ、舞は良岑安世(七八五~八三〇)、楽は和邇部大田麿(七九八~八六五)、ほかに常世乙魚、大戸清上という当代一流の楽人が共作したものである。小野篁は当時、承和六年(八三九)に遣唐副使事件で官位褫奪、隠岐配流の憂き目に遭ったとはいえ、承和八年(八四一)に本位に復して後、更に名声を擅にしており、菅原文時の場合と同様、この「詠」の作成を委嘱される最適任者であったと言ってよかろう。

しかしながら、現在までの所、「詠」の作者が判明している例は他にない。このような例がある以上、一流の文人に「詠」を依頼し、舞人がそれを唱える、という営為があったとしても不思議ではないのだが、現存する「詠」ないし「囀」の詞章には、「甘州」「柳花苑」など一部の例外を除くと、格調高い漢文と見なしうるものがほとんどない。例えば「青海波」と一対を

なす「輪台」も「詠」をもつ曲であるが、その「詠」は、『仁智要録』では同じく小野篁作とされるものの、

次舞人詠云、「千里万里礼拝　奉勅安置鴻臚（6・6）」、次垣代楽人取音……次又詠云、「我是西盤国信三郎　当持金魚（8・4）」。次舞人唱歌、二拍子……次楽屋奏楽一反、次詠云、「燕子山裏散魚　嘉塩声平廻（6・5）」、次垣代取音……次又詠云、「共酌蒲桃美酒相把聚踏輪台（6・6）」

のように、音数も定まらず、内容的にも一種の唱えごとの類であって、少なくとも文人が需めに応じて作るような詞章ではなさそうである。「詠」や「囀」にはこのように、凡そ正格の漢文からはほど遠い歌詞が用いられている場合がほとんどである。更に、その歌詞は伝承の過程において明らかに変容してゆくが、それは多く、同音の別の漢字を宛てたことによって生ずる誤解がもとになっており、このことが、意味不通部分の多さと相俟って、「詠」ないし「囀」の衰微を早めたと考えられる。

さて、改めて天禄三年の延暦寺落慶法要の記事に戻ってみると、この「朗詠」を、「青海波」の場合と同様に「詠」とみなし得るならば、これは、史上二つめの「作者の判明している詠」ということになる。では、なぜここで「詠」（朗詠）が求められたのであろうか。

「詠」が現在全く行われないことからも知れるように、舞楽における「詠」は非常に早い段

階から衰微の方向にあった。『和名類聚抄』（九三七以前）には「詠」二曲・「囀」二曲、落慶法要の二年前、天禄元年（九七〇）に成った『口遊』には「詠」八曲、「囀」六曲。そして源博雅が編んだ『新撰笛譜』に至っては、現存部分では「柳花怨」一曲の[8]みという状況であり、舞楽の「詠」があらゆる場合に庶幾される、という状況にはなかったこと、翻れば、一般に、新作の舞楽に「詠」を持ち込む必然性はさほど高くなかったのではあるまいかと思量される。

もちろん、「青海波詠」は当時も行われていたと見られるし、源博雅自身がその唱法について言及している（『長秋卿笛譜』は『新撰笛譜』の異名）。

「長秋卿同（笛）譜云、可吹四反但二反之後有詠、又四帖之後詠」（『仁智要録』）

してみれば、少なくとも作曲者である博雅はこの「詠」のこと、そしておそらくは小野篁作という由来についても『南宮横笛譜』を通じて承知していたはずであり、その先蹤に倣って、菅公の孫にして当代随一の文人、老儒菅原文時に白羽の矢を立てて、「詠」を依頼するというアイデアが浮かんだとしても不思議ではない。この落慶法要をいかに盛大にするかが至上命題であった良源にとって、そのアイデアは渡りに舟であったろう。

また、この法要の舞楽の構成も、一つの要素として働いたであろう。「供花」に用いられた楽曲は、舞楽法会ではきわめて頻度の高い、「菩薩」・「鳥舞（迦陵頻）」・「胡蝶楽」の三曲であるが、このうち、

「菩薩」

○菩薩序破之間、有詠。大和国橘寺留此詠橘寺説。

合掌詠

南無仏法僧礼拝　南無極楽界会同聞衆礼拝

（朱・是（狛）季長法師説）（『教訓抄』）

「迦陵頻」

○迦陵頻…是等ハ詠アリトイヘドモ、当世舞アルトキモ不用。（『続教訓抄』）

○此曲雖謂有詠未考之（『楽家録』）

の二曲は、「詠」が存在した形跡のあるものであって、特に「菩薩」の詠などは、法会の進行と有機的に連動して行われたと覚しいものと言える。こうした法会にあっては、宮中雅楽とはまた異なった、例えば『江家次第』が伝えるような独特の作法と雰囲気があったはずであり、これもまた「詠」が求められる要因となり得たであろう。

菅原文時作の「朗詠」の歌詞は残念ながら伝わらない。しかし、良家の子弟たる童たちが、舞いながら「同音におのおの詠じ」、上卿も請僧もかたぬぎになって、共に舞い踊ったという行文からは、その歌詞と節のめでたさが伺われてくる。無論、その場には伶人として源博雅が加わっていたことであろうが、さらに、『叡岳要記』は、当日の御誦経勅使を菅原文時その人に比定しており、(9) もしそうだとすれば、文時もまた、自ら製した詩句が歌われるのを実際に耳にしたことになる。

二 「朗詠」史の視点から

この、菅原文時と「朗詠」との関わりは、まず、朗詠起源譚の中に認められる。

「朗詠者興従詩之詠声、上古纔七首也。号之根本七首。其七首内、傅氏巌之嵐、春過夏闌、以上両句、雅信公左大臣第三度辞表名句也。件表作者、菅三品文時卿、自身持来、此表秀句有二之由称之。大臣披見之、即詠吟之。仍於当家者、以傅氏巌之嵐句、為朗詠秘曲。然間、朗詠又以此大臣為元祖也」（『郢曲相承次第』左大臣雅信条）

「右、一條左相三度上表、課菅文時俾草状曰、相府感其秀句、成彼詠声、所謂、傅氏巌嵐、及春過夏闌之両句是也。因以傅岩、遂為秘曲」（『朗詠九十首抄　流布本』所載「朗詠由来」）

一条左大臣源雅信（九二〇〜九九三）は、式部卿敦実親王（八九三〜九六七）の子で、楽の達人として知られるほか、『催馬楽譜』の撰定にも与ったとされる。右の記述は、雅信が右大臣に任ぜられた貞元二年（九七七）六月十四日、菅原文時に依頼して第三度の辞表を上った時のもので、延暦寺落慶法要から五年、文時は既に七十九歳になっていた。ここで注意されるのは、文時が依頼された辞表を携えて自ら雅信に面談し、「この辞表には秀句が二つある」と述べたところ、雅信が即座に詠吟したというものである。その詩句は二つながら『和漢朗詠集』丞相に採録されている。

「傅氏巌嵐　雖風雲於殷夢之後　巌陵瀬水　猶涇渭於漢聘之初」（六七九番）
「春過夏闌　袁司徒之家雪応路達　旦南暮北　鄭太尉之谿風被人知」（六八〇番）

この「傅氏巌嵐」「春過夏闌」の両句は、源家郢曲における最重要曲として、「源家根本七首」に数えられ、多くの場合「秘曲」という扱いを受ける。敦実親王＝源雅信を祖とする源家にとってこの二曲は、まさしく別格の朗詠曲であったが、その作者として文時が登場していることは注意される。文時は自作の「秀句」をみずから取り立てて見せたが、「朗詠」という歌謡は、もともとそういう性質、すなわち取章断義的に秀句を取り出して歌い上げる、という側面を有しているので、文時の行為は、そうした過程を自ら辿って見せたということになる。こうした逸話に文時が登場するのは、文時の作が『和漢朗詠集』に四十四首も収められているということ（白楽天＝百三十五首に次いで全体の二位、三位は祖父菅原道真＝三十八首）、すなわち文時が「秀句」を数多く生み出した「朗詠」向きの文人であったことを示唆していよう。延暦寺落慶法要の「朗詠」もまた、そうした逸話のある文時に似つかわしい仕事であった。

もっとも、「朗詠」という語は、すくなくとも天禄三年の時点にあっては、後のいわゆる「朗詠」と同じではなかったと考えられる(10)。

「朗詠」という語を本朝で初めて用いたのは、文時の祖父菅原道真であり、貞観六年（八六四）八月十五日、大枝豊岑・真岑兄弟の先妣のための周忌法会願文がその初例であった。

「仰願開示悟入、灑慧雨於重昏、常楽我浄、放慈光於厚夜。先使祖父祖母、倶出同日之冥途、次令先考先妣、願昇一処之覚岸。瑠璃之地、長作優遊之階墀、宝樹之華、定為朗詠之玩好」

（『菅家文草』巻十一　為大枝豊岑真岑等先妣周忌法会願文）

その後「朗詠」の語は、記録類に散見するようになるが、重明親王（九〇六〜九六四）の『吏部王記』の例は、御製詩を多数の臣下が群詠する場合をさしており、ほぼそのような用語として推移していたと思われる。

延長四年（九二六）九月九日、醍醐天皇菊花宴

「以御製於筥上……右中将英明朝臣詩有佳句。勅勧坏……次散三位只有佳句。毎有麗句、令博文朝臣咏、到御製、群臣盛発共朗咏」（『政事要略』巻二十四　年中行事　九月）

天暦四年（九五〇）十月八日、村上天皇残菊宴

「講詩之儀如延長例。左中弁大江朝綱有佳句。令献坏……其御製当扶給、落置物御机下。左大臣就賜之令講之。朗詠未畢、左大臣奪御製懐之」（同。『西宮記』恒例三にも所引）

いっぽう、古詩の一節をふしをつけて歌う、という営為そのものは、例えば、仁和二年（八八六）一月二十一日、讃岐守として任地へ赴くに際して、関白太政大臣藤原基経が『白氏文集』の一節を吟じ、次いで道真にも吟ずることを命じた、という例に見られるように、古くからの例がある。

「予為外吏、幸侍内宴装束之間、得預公宴者、雖有旧例、又殊恩也。王公依次行酒詩臣。相国以当次、又不可辞盃。予前佇立不行、須臾吟曰、「明朝風景属何人」。一吟之後、命予高詠、蒙命欲詠、心神迷乱、纔発一声」（『菅家文草』巻三）

しかし、当時にあっては、こうしたありようを「朗詠」と称する習慣はなく、多くの場合「詠」「吟」「吟詠」「誦」などの表現がなされる形で推移した。例えば、落慶法要の三年前、安和二年（九六九）一月二日、村上天皇を偲ぶ管絃の催しにおいて、後に朗詠の代表曲となった「嘉辰令月」が歌われたが、ここでも、「うち誦ず」という語が用いられており、「朗詠」とは呼ばれていない。

「村上うせおはしましてまたのとし、をのゝみやに人々まいり給て、いと臨時客などはなけれど、「嘉辰令月」などうち誦ぜさせ給次に、一条の左大臣（源雅信）、六条殿（源重信）など拍子とりて、「席田」うちいでさせ給けるに、「あはれ、先帝のおはしまさましかば」とて、御笏もうちをきつゝ、あるじどの（藤原実頼）をはじめたてまつりて、事

忌もせさせ給はず、うへの御衣どものそでぬれさせ給にけり」（『大鏡』巻六）

この前後の記録は、いずれも同様であり、その中にあって、この落慶法要の「朗詠」の語は、ひとり異彩を放っていると言えよう。

○康保二年（九六五）三月五日、村上天皇花宴

「自日中及夜半、詠古詩誦新歌」（『河海抄』所引『村上御記』）

○天禄三年（九七二）四月三日、延暦寺落慶法要

「作朗詠者、従四位上行式部権大夫文章博士菅原朝臣文時」

○貞元二年（九七七）八月十六日、藤原頼忠前栽歌合

「上には詩を誦せられ、下には古歌をぞ誦しける」（『殿上日記』）

○永延二年（九八八）九月十六日、藤原兼家二条京極第興宴

「会者、誦詩句唱歌曲」（『日本紀略』）

このことは、少なくとも、菅原文時の「朗詠」が、後に言うところの「朗詠」と同じもの、すなわち、人口に膾炙した古詩を歌う、歌曲としての「朗詠」とは見なされず、非常に特殊な位置にあったことを示唆しているであろう。無論、古詩吟詠の盛行は、文時の舞楽の「詠」にも影響を与えていようし、源雅信が文時の秀句を即座に詠吟してみせた、という逸話を信じるならば、そうした吟詠の仕方での「詠」がなされたと想像することも可能である。しかし、少

なくとも、この記事をもって、これが「朗詠」であり、従って「詠」と「朗詠」は直結していたのだ、というふうな単純な見方に飛びつくことはできないと考える。

「朗詠」が所謂「朗詠」の用語として確立したのは、藤原実資（九五七〜一〇四六）の日記『小右記』に拠る所が大きい。『小右記』には、「朗詠」の語が、次の例をはじめとして計十四例見られるが、実資は、詩文吟誦の用語をすべて「朗詠」に統一しており、そのほぼ全ての例が、古詩文の「朗詠」と見なされる。

（初例）永観二年（九八四）十月七日、円融天皇御読経結願饗宴

「七日……参院。御読経結願。公卿八人参入。聴儲饗。公卿有酔気、朗詠唱哥」

（最終例）治安三年（一〇二三）十二月七日、藤原実資邸勧学院歩

「今日勧学院生為申寄封之悦可参入……四献……次居復飯畢。其後朗詠度々、詠「万歳千秋」畢」

その結果、同時代の公卿も日記の中で続々とこの語を用いるようになり、「朗詠」は瞬く間に流行語となっていった。

長保二年（一〇〇〇）二月二十七日、中宮定子第勧学院歩

「觴巡数行之後、朗詠発音」（『権記』）

寛弘五年（一〇〇八）九月十五日、敦成親王五夜産養

「此間盃觴屢動、朗詠間発」（『御産部類記』所引『不知記B』）

同年九月十七日、敦成親王七夜産養

「参渡殿、朗詠之後」（『御産部類記』所引『不知記A』）

寛弘八年（一〇一一）十二月二十八日、敦良親王着袴饗

「巡行数度、時々有朗詠「徳辰令月」之句也。天暦六年皇太子着袴之時有朗詠、依朱雀院御事、人々心喪、然而非太子服限之外、亦時非諒闇、仍有朗詠亦以無妨歟……但中宮・皇子共以凶服、今在其実、朗詠律詩不可然歟」（『権記』）

長和二年（一〇一三）四月十三日、中宮皇太后宮対面饗

「数献後、殿上人堪管絃四五人許、着上達部座末、有絃哥朗詠事」（『御堂関白記』）

こうした中で編まれたのが、藤原公任の『和漢朗詠集』である。その成立を長和二年（一〇一二）四月二十七日、藤原頼通の婚儀に際しての婿引出物に比定する説はもはや動くまい。それは、右のような「朗詠」の語ないし、『枕草子』などに見られる「朗詠」そのものの盛行のまさにただ中のことであり、そうした状況が『和漢朗詠集』という書名に強く影響していることは疑われない。そしてこの書の出現によって、「朗詠」の語は一挙に市民権を得ることになった。梵昭が『慈恵大僧正拾遺傳』を書いた長元五年（一〇三二）にあっては、詩文の吟詠を「朗詠」と呼ぶことはもはや常識であったろうし、梵昭がこれを書く契機となった『慈恵大僧

正傳』の作者は、『枕草子』での朗詠で知られ、当時最高の「朗詠者」であった藤原斉信（九七六～一〇三五）であった。(11)

万寿二年（一〇二五）一月二十三日、皇太后妍子大饗御遊

「殿ばら今は御遊びになりていみじうをかしきに、夜に入りたり。ものの音ども心ことなり。御土器に花か雪かの散り入りたるに、中宮大夫（斉信）うち誦じ給ふ。「梅花帯雪飛琴上　柳色和煙入酒中」。また誰ぞの御声にて、御土器のしげければ、「一盞寒燈雲外夜　数盃温酎雪中春」など、御声どもをかしうてのたまふに、「なにか、今日は万歳千秋をぞいふべき」などのたまふもあり。さまざまをかしく乱れたまふ」

（『栄花物語』わかばえ）

長元七年（一〇三四）九月十三日、東北院三昧堂念仏会

「御念仏はじまりける程に、上達部、殿上人参り集り給へるに、宇治の太政大臣（藤原頼通）の、「朗詠侍りなむ」と、勧めさせ給ひければ、斉信の民部卿、年たけたる上達部にて、「極楽の尊を念じたてまつること一夜」とうち出だしひけむ、折節いかにめでたく侍りける。斉名といふ博士のつくりたるが、生ける世にいかにいみじく侍りけむ。この世ならば、今の人のつくりたること、よも出だし給はざらまし」

（『今鏡』すべらぎの上）

梵昭が「朗詠」の語を用いたのは、あるいは原資料にそうあってのことであるかも知れない。しかし、菅原文時、藤原斉信といった、「朗詠」に極めてかかわりの深い人物と縁のある部分の記述であるだけに、梵昭自身の語彙であるとすれば、それもまた当然のこととして理解されるであろう。

こうした、舞楽の新しい「朗詠」の試みはしかし、その後、広がりを見せることがなかった。教養ある貴族のペダンティズムとも言える「朗詠」と、舞楽の「詠」との距離は、こうした試みによってもなお、縮まることはなかったのである。『源氏物語』には、詩文の吟詠の例が二十六例ほど見られる一方で、「詠」は源氏の青海波の一例のみである。『源氏物語』の描く音楽世界が、執筆当時よりも数十年を遡ることを考えれば、光源氏が「御迦陵頻伽」に喩えられた詠とても、既に旧弊に属するものであったかも知れない。

無論、「詠」ないし「囀」と「朗詠」とが、全く無関係のものであったとは言えない。舞楽曲の休止部で行われる詠は、必ずや相応の音楽性を備えていて然るべきだからである。しかし、「朗詠」というのに近い、一流文人による秀句の吟詠は、少なくとも雅楽の側で一般化することなく、「詠」そのものの衰微に歯止めをかけるよすがとはなり得なかった如くである。その意味において、形態上非常によく似ているはずの「朗詠」と「詠」とは、実は意外にも相互る部分が少なかったことを、この『慈恵大僧正拾遺傳』の記述は、はからずも浮き彫りにしているのではあるまいかと思うのである。「朗詠」の世界と「雅楽」の世界とは、このように、近くてしかも遠い側面を有しているのである。

注

（1）拙著『日本朗詠史　研究篇』（平11・2、笠間書院）第三章・1「朗詠」という語について

（2）遠藤徹氏「宮内庁書陵部新出史料『新撰楽譜　横笛三』をめぐる諸問題—付影印」（『東京学芸大学紀要（人文科学）』55、平16・2）ほか。

（3）『御堂関白記』寛弘五年一月二日条、同七年七月十七日条。

（4）磯水絵氏「「詠」について—『源氏物語』の音楽研究にむけて—序説」（『日本音楽史研究』第5号、平16・7）、「舞楽における歌唱の終焉について—「詠」と「囀」の変容—」（『日本文学』53巻7号、平16・7）、以上『『源氏物語』時代の音楽研究—中世の楽書から—』（笠間書院、平21・1）に収載。

（5）拙稿「詠と朗詠」（『源氏物語の鑑賞と基礎知識』紅葉賀・花宴、至文堂、平14・4）

（6）磯水絵氏「『源氏物語奥入』に見える楽人、多久行について—『源氏物語』の音楽研究にむけて—」（徳江元正退職記念『鎌倉室町文學論纂』平14・2、三弥井書店。『『源氏物語』時代の音楽研究—中世の楽書から—』に収載）。

（7）『紫明抄』『異本紫明抄』『河海抄』など。

（8）ただし、諸書に引用がある。
（9）『大日本史料』第一編　第十三冊。但し上卿を藤原道長とするなど、不審な点が多い。なお、『慈恵大僧正拾遺傳』は蔵人頭源惟正を勅使とする。
（10）前掲書、第三章・1「朗詠」という語について
（11）拙稿「藤原斉信と朗詠」（『平安朝文学　表現の位相』平14・11、新典社）

源氏物語の音楽――宮中と貴族の生活の中の音楽

日向一雅

はじめに

源氏物語五十四帖のうち音楽に言及することのない巻は、空蟬・関屋・朝顔・藤袴・夢浮橋の五巻だけで、その他の巻には何らかの音楽に関する場面や言及がある。たとえば冒頭の桐壺巻を見てみると、桐壺帝の「さるべき御遊び」、夕月夜の「御遊び」、弘徽殿女御の夜更けまで続く「遊び」、光源氏の天空に澄みのぼる「琴笛の音」、藤壺を恋する「琴笛の音」、源氏を婿に迎えた左大臣家の「御遊び」など、六回の音楽記事が見られる。これらは音楽が物語世界と深く関わっていたこと、音楽が宮中や貴族の生活に不可欠なものとして物語世界に位置づけられていたことをよく示している。左の表に見るように、音楽の種類も舞楽・奏楽・踏歌・神楽・東遊・催馬楽・風俗歌・朗詠・唱歌・民謡と数多く、平安時代の音楽のジャンルをほぼ網羅しており、源氏物語の音楽の多彩なことがよく分かる。

表　源氏物語の音楽

舞楽	青海波（紅葉賀）・秋風楽（紅葉賀・少女・篝火）・春鶯囀（花宴・少女）・柳花苑（花宴）・胡蝶（胡蝶）・皇麞（胡蝶・若菜上・下）・喜春楽（胡蝶・若菜下）・迦陵頻（胡蝶）・打毬楽（蛍）・落蹲（蛍・若菜上・下）・賀王恩（藤裏葉・若菜上）・陵王（若菜下・御法）・万歳楽（若菜上・下）・太平楽（若菜下）・
奏楽	保曾呂倶世利（紅葉賀）・仙遊霞（若菜下）・想夫恋（横笛）・酣酔楽（椎本）・海仙楽（総角）
踏歌	万春楽（初音・竹河）
神楽	神楽歌（若菜下）東遊（若菜下）その駒（松風）
催馬楽	青柳（胡蝶・若菜上）・葦垣（藤裏葉）・飛鳥井（帚木・須磨）・東屋（紅葉賀）・安名尊（少女・胡蝶）・伊勢の海（明石・宿木）・梅が枝（梅枝・竹河・浮舟）・葛城（若紫・若菜下）・この殿（初音・竹河）・桜人（少女・椎本）・高砂（賢木・梅枝・竹河）・竹河（初音・真木柱・竹河）・貫河（花宴・常夏）・妹と我（横笛）・妹が門（若紫）・河口（藤裏葉）・更衣（少女）・道の口（手習）・山城（紅葉賀）・石川（花宴）・我家（帚木・常夏）・総角（総角）・席田（若菜上）
風俗歌	伊予の湯（空蝉）
唱歌	（少女・藤裏葉・若菜上・若菜下・橋姫・宿木）
民謡	船歌（玉鬘）・稲刈り歌（手習）

このように源氏物語は音楽について多種多彩に語っていたのであるが、その研究史は充実していたとは言いがたい。古くは熊沢蕃山『源氏外伝』の礼楽思想による風化説(1)があり、山田孝雄『源氏物語之音楽』は物語に描かれた楽器や音楽記事から物語の時代が村上天皇の時代を下らない時代になっていると論じた(2)。源氏物語の音楽を総合的に作品論として論じた最初の労作は中川正美氏の『源氏物語と音楽(3)』である。それが契機となって以後音楽への関心が高まり、近年では琴に注目した論考が目をひく(4)。

本稿では源氏物語において音楽がどのような場面を形成しているか、音楽の描かれるさまざまな場面を整理して、物語の方法として音楽がどのように位置づけられていたのかという点を考えたいと思う。具体的には宮中生活、後院、六条院、貴族の邸宅、郊外の生活に分けて、それぞれの場で音楽がどのように描かれたか、音楽が生活の中でどのような意味を持たされていたのかという観点から見て行く。

一　宮中生活と音楽

はじめに内裏の紫宸殿、清涼殿、後宮の殿舎における音楽に関わる行事や暮らしについて見てみる。

紫宸殿の花の宴―作文・舞楽・御遊

まず花宴巻の紫宸殿を舞台とする桜花の宴を見てみよう。光源氏の二十歳の春、桐壺帝の治世の最後を飾る華麗な行事である。二月二十日過ぎ、紫宸殿の桜を愛でる観桜の宴が催された。藤壺中宮と弘徽殿女御が桐壺帝の左右に参席し、親王、上達部以下の詩文に優れた者たちが探韻を賜って詩を披露するという作文会があり、終わって舞楽となり春鶯囀《しゅんのうでん》と柳花苑《りゅうかえん》が演じられた。舞楽の場面だけを引く。

楽どもなどは、さらにもいはず調へさせ給へり。やうやう入り日になるほど、春の鶯囀るといふ舞いとおもしろく見ゆるに、源氏の御紅葉の賀のをり思し出でられて、春宮かざし賜はせて、せちに責めのたまはするに逃れがたくて、立ちてのどかに袖返すところを一をれ気色ばかり舞ひ給へるに、似るべきものなく見ゆ。左大臣、恨めしさも忘れて涙落とし給ふ。「頭中将、いづら。遅し」とあれば、柳花苑といふ舞を、これは今すこし過ぐして、かかることもやと心づかひやしけむ、いとおもしろければ、御衣賜りて、いとめづらしきことに人思へり。上達部みな乱れて舞ひ給へど、夜に入りてはことにけぢめも見えず。

（花宴・①三五四頁。以下源氏物語の本文の引用は小学館・新編日本古典文学全集本による）

この華麗盛大な宴について、『河海抄』は延喜十七（九一七）年三月六日の常寧殿の花の宴と、延長四（九二六）年二月十七日の清涼殿の花の宴を準拠に挙げて、「延長四年例、探韻以下尤も相似たり」とした。[5]『花鳥余情』もこれを受けて、この両度の例は「探韻《たんいん》、作文《さくもん》、御遊《ぎょゆう》」の行われた点で、物語はこの両度の花の宴の例に則るとする。[6]厳密にいうと、延喜十七年の常寧殿の花の宴では「探韻」があったかどうかはわからない。その点延長四年の例は確かに「探韻、作文、御遊の事」があり、準拠とするにふさわしい。但しこの両度とも舞楽はない。

『河海抄』所引の延長四年二月の儀式の次第をもう少し具体的に見ると、当日天皇が清涼殿に出御し、親王、文人の探韻がある。探韻の間に天皇が酒肴を給い、楽所の管絃の者四五人を召して音声を奏させる。その後講師が探韻による詩を読み上げ、終わると管絃を演奏し、「吟詠」が続けられる。その後親王、上達部の管絃の遊びになるが、『大日本史料』所収『河海抄』の当日条には醍醐天皇がみずから和琴を弾いたとある。この日の儀式は当日の午後四時ころに始まり、講師が詩を披露するのが夜中十二時過ぎであり、その後に御遊となり午前四時ころに終わっている。

花の宴の物語では音楽については、「楽どもなどは、さらにもいはず調へさせ給へり」とあり、春鶯囀が舞われ、源氏も春宮の求めに応じて春鶯囀の一節を舞い、次いで頭中将が柳花苑の舞を入念に舞い、さらに上達部の乱舞まで行われた。これは延喜十七年三月の常寧殿の花の宴、延長四年二月の清涼殿の花の宴よりも、盛大なものとして語っているのであろう。物語では宴席も終始紫宸殿であったとしているようで、史実がともに清涼殿を宴席としたのと異なる。

物語は両度の史実の花の宴の例に拠りながら、いっそう華麗で格式の高い行事に仕立てたと考えられる。

ところで、作文の後の管絃の遊びについて、『花鳥余情』は「御遊」という言葉を使っている。「御遊」がどのようなものであったかについては、豊永聡美氏は次のように言う。

御遊とは管絃に堪能な堂上貴族（時には天皇や皇族も加わる）が奏者となり、管絃や謡物を演奏する楽会であるが、朝廷の重要な儀式の遊宴に付随して行われるなど政治的色彩を持つところに特色があると言えよう。（中略）そして四季折々に催される様々な御会で管絃に堪能な王卿貴族が楽器の腕前を披露するようになる中で、最も格式の高い管絃会として御遊が成立していったのである。(7)

御遊とは宮廷儀式や行事の遊宴の際に催される楽会であり、天皇をはじめとする管絃に堪能な王卿貴族（時には地下楽人も加わる）が主な奏者となり、管絃並びに催馬楽や朗詠などの謡物の演奏が行われた。その成立時期については仁明朝とするものから醍醐朝とするものまで諸説あり定かではないが、王朝国家体制が確立していく過程で、御遊もその位置付けを高めていったと思われる。(8)

荻美津夫氏の説明も引く。

御遊はさまざまな儀式の饗宴のさいに行われた。今それを示すと、朝覲行幸・算賀・御産・御元服・御著袴・御会始・臨時行幸などである。御遊とは一般的には、雅楽の管絃と催馬楽などの歌物を奏したのであり、『御遊抄』に「有歌管御遊」とあり、「舞四番、無御遊」などとあるように、殿上人による舞楽は含まれなかったものと推察される。(9)

要するに御遊は朝廷あるいは宮中の重要な儀式に付随して行われた楽会で、天皇が臨席し、公卿殿上人による管絃や謡物を演奏する会であった。桐壺帝主催の紫宸殿の花の宴における管絃と舞楽は御遊の典型と言ってよい。特にこの時は光源氏や頭中将の舞が御遊にひときわ光彩を添えるものになった。もっとも右の荻氏によれば、『御遊抄』では御遊には殿上人による舞楽は含まれなかったということであるから、それによればこの花の宴の例は異例ということになる。『御遊抄』が十五世紀の成立であることからすれば、源氏物語の時代とは御遊の形が変わったと考えることもできるが、あるいは源氏物語が異例な御遊を虚構したのかもしれない。源氏物語では御遊に舞楽を伴う場合が多いのである。

清涼殿の楽の音―試楽・御遊・男踏歌など

光源氏十八歳の冬十月、桐壺帝は朱雀院に一院の賀のために行幸する。この賀もまた桐壺帝主催の盛儀であるが、それに先だって桐壺帝はこの賀の花形となる光源氏の青海波の舞を女御更衣たちが見たがっており、とりわけ藤壺が見られないのを残念に思って清涼殿で試楽を催した。源氏の舞は次のように語られた。

源氏の中将は青海波《せいがいは》をぞ舞ひ給ひける。片手には大殿の頭中将、容貌用意人にはことなるを、立ち並びては、なほ花のかたはらの深山木なり。入り方の日影さやかにさしたるに、楽の声まさり、もののおもしろきほどに、同じ舞の足踏み面もち、世に見えぬさまなり。詠などし給へるは、これや仏の迦陵頻伽《かりょうびんが》の声ならむと聞こゆ。（紅葉賀①三一一頁）

青海波は唐楽で二人で舞う舞楽。この時は源氏と頭中将が舞ったが、頭中将は源氏に圧倒されて、「花のかたはらの深山木」のようであったと、源氏の舞のすばらしさが絶賛される。舞の作法は、池田亀鑑編『源氏物語事典』の「青海波」によれば、次のようである。四十人の垣代《かいしろ》が庭上に舞い出て一つの輪を作り、輪がとけると、中から輪台《りんだい》の舞人二人が舞い出る。終わって再び輪を二つ作り、輪の中で装束を着けて、輪がとけると、青海波の舞人二人が舞い出る。舞の途中で輪台、青海波ともに詠がなされる。青海波の詠は小野篁作の漢詩で舞人は四度にわたって詠ずる。四十人の垣代の演奏と楽屋の楽人の演奏が交互にある舞楽である。楽器は笙、篳篥、横笛であるが、垣代の楽器には琵琶が加わるという(10)。ここからも青海波の華やかさが窺われるが、これが決して広いとはいえない清涼殿東庭において、四十人の垣代のほかに楽屋が設けられて演じられたことを思うと、この試楽の盛り上がりの熱気のようなものを想像することができる。

清涼殿の試楽については源氏物語には他に例はない。参考までに触れると、枕草子「なほめでたきこと」（一三五段）には、三月の石清水の臨時の祭の試楽の様子が描かれる。まず清涼殿の東庭に掃部司《かもんつかさ》の者が畳を敷き、祭の勅使、舞人、陪従《べいじゅう》（舞人に従う楽人）、公卿、殿上人の席が設けられる。そこに蔵人所の者が食膳を運び、公卿殿上人の勧盃などがある。これが賜饌の儀であるが、終わって公卿殿上人が席を立つと、「とりばみ」が残肴を目がけて押し寄せる。その中を掃部司が畳を取り払い清掃して砂子をならす。この後試楽が始まり、和琴、笏拍子、斉唱者、高麗笛、篳篥の楽人の演奏とともに東遊が演じられる。(11) この記事では試楽に先立つ賜饌の儀で「とりばみ」の乱入があるというのがおもしろいが、清涼殿の試楽には必ず賜饌と「とりばみ」があったわけではなかろう。源氏物語はそうした乱雑さをあえて排除する傾向があるが、清涼殿試楽の一例としてそういうこともあったということは承知しておきたい。

次に清涼殿の御遊の例を見ておく。絵合巻、光源氏は三十一歳で冷泉帝の後見として内大臣になっている。冷泉帝の後宮では権中納言（旧頭中将）の娘の弘徽殿女御と、源氏の養女の斎宮女御（秋好中宮）が帝の寵愛を競っていた。そういう二人が帝の御前で絵合を行い、結果は光源氏の須磨流謫の時の絵によって斎宮女御方が勝つのであるが、絵合が終わった後、御遊となる。

二十日あまりの月さし出でて、こなたはまださやかならねど、おほかたの空をかしきほどなるに、書司《ふんのつかさ》の御琴召し出でて、和琴、権中納言賜り給ふ。（略）親王、箏の御琴、大臣琴《きん》、琵琶は少将命婦仕うまつる。上人の中にすぐれたるを召して、拍子たまはす。いみじうおもしろし。明けはつるままに、花の色も人の御容貌もほのかに見えて、鳥のさへづるほど、心地ゆき、めでたき朝ぼらけなり。

（絵合②三九〇頁）

三月二十日過ぎの月の出る時分に、後宮の楽器などを管理する書司の和琴・箏・琴（七絃琴）・琵琶を取り寄せ、権中納言、蛍宮、光源氏、少将命婦の四人がそれぞれ特意の楽器を担当し、殿上人の拍子によって、夜を徹しての管絃の遊びが行われた。「いみじうおもしろし」と言い、「心地ゆき、めでたき朝ぼらけなり」と言うように、興趣にあふれた、なごやかな満ち足りた管弦の遊びの一夜であったのである。場所は清涼殿の西面の朝餉《あさがれい》と台盤所である。

ところで、この絵合の物語が「天徳四年内裏歌合」をモデルにしていることはよく知られている。新潮日本古典集成『源氏物語』二の付録には、「天徳四年内裏歌合」に関する村上天皇の御記、殿上日記、仮名日記が載せられているので、それらと比較すると、実は物語の絵合に引き続く御遊の場面もまた、この「内裏歌合」に準拠していたことが分かる。「内裏歌合」では歌合終了後に、公卿殿上人たちによって箏・笙・琵琶・琴・和琴が演奏された。その興趣に富んだ一夜について、殿上日記には次のように記された。

侍臣等密かに語りて云く、万機の暇景有るごとに、数《しば》しば仙欄の御遊を命ず。然して猶歓楽の至り、未だ今夜のごときあらざる者なり。群臣快酔し、雑興禁じ難し。

村上天皇は政治の暇を見つけては御遊を催したが、それは臣下にとって楽しみの極みであったというのである。これは絵合の「心地ゆき、めでたき朝ぼらけ」を迎えたというのと変わらない。

清涼殿における天皇のより私的な管弦の遊びについては、次のような例がある。桐壺帝が亡き更衣を追憶する場面である。

野分だちて、にはかに肌寒き夕暮れのほど、常よりも思し出づること多くて、靫負命婦《ゆげいのみょうぶ》といふを遣はす。夕月夜のをかしきほどに出だし立てさせ給ひて、やがてながめおはします。かうやうのをりは、御遊びなどせさせ給ひしに、心ことなる物の音を掻き鳴らし、はかなく聞こえ出づる言の葉も、人よりはことなりしけはひ容貌の、面影につと添ひて思さるるにも、闇の現にはなほ劣りけり。（桐壺①二六頁）

野分の吹き始めた肌寒い夕暮れに、帝は普段よりも更衣のことを思い出すことがあれこれと多くて、靫負命婦を更衣の里に使わしたというのだが、その思い出すことの一つは、夕月夜の美しい時分には更衣を召して管絃の遊びをしたことであった。そういう時更衣は格別風情のある音色を掻き鳴らしたというのである。

清涼殿は試楽や御遊だけでなく、帝が妃と語らう私的な管弦の遊びが催されたことを、源氏物語はさまざまに語っていたのである。

後宮における音楽

後宮の殿舎においても妃たちが思い思いに音楽を楽しみ、あるいは音楽に心を慰めていたことは想像に難くないが、弘徽殿における弘徽殿女御の管弦の遊びはそれとは少し趣を異にするものであった。桐壺帝が更衣を亡くした悲しみに暮れていた時、弘徽殿女御は桐壺帝の悲嘆に楯突くかのような管弦の遊びをあえて行った。

風の音、虫の音につけて、もののみ悲しう思さるるに、弘徽殿には久しく上の御局《みつぼね》にも参う上り給はず、月のおもしろきに、夜更くるまで遊びをぞし給ふなる。いとすさまじうものしと聞こし召す。（桐壺①三五頁）

帝を不快に思わせるような管弦の遊びとは決して風流とはいえない遊びである。弘徽殿女御は帝が亡き更衣を偲ぶばかりで、召しがないことに抗議をしていたのであろう。

後宮における管絃は妃だけでなく女房が奏でることもあった。光源氏十九歳の夏のこと、温《うん》明殿《めいでん》の辺りをぶらぶらしていた時、老女房の源典侍《げんのないしのすけ》の琵琶の音が聞こえてきた。源典侍は帝の催す男たちの御遊に召されても、勝る者がないほどの琵琶の名手であった。彼女は年に似合わず源氏を恋していて、琵琶を弾き催馬楽を歌っていたのである。

温明殿のわたりをたたずみ歩き給へば、この内侍《ないし》、琵琶をいとをかしう弾きゐたり。御前などにても、男方の御遊びにまじりなどして、ことにまさる人なき上手なれば、もの恨めしうおぼえけるをりから、いとあはれに聞こゆ。「瓜作りになりやしなまし」と、声はいとをかしうてうたふぞ、少し心づきなき。鄂州《がくしゅう》にありけむ昔の人もかくやをかしかりけむと耳とまりたまふ。弾きやみて、いといたう思ひ乱れたるけはひなり。君、東屋を忍びやかにうたひて寄り給へるに、「押し開いて来ませ」とうち添へたるも、例に違ひたる心地ぞする。

（紅葉賀①三三九頁）

「瓜作りになりやしなまし」は催馬楽「山城」の一句で、歌意は山城の瓜作りが私を欲しいというが、どうしよう、結婚しようかという歌。源典侍はつれない源氏を諦めて瓜作りの妻になろうかと歌っていたのである。源氏は年に不似合いと気に入らないが、琵琶の音色は白居易の「夜歌ふ者を聞く」（『白氏文集』巻十）詩を想起させるような哀切な愁いがあり、源氏の心に沁みた。源氏が催馬楽「東屋」の「戸を開けてください」という句を小声で歌いながら近寄ると、典侍は「戸を押し開けてお入り下さい」と、これも「東屋」の一句を口ずさむ。老女房の若い光源氏への不似合いな恋の一場面であるが、琵琶と催馬楽の掛け合いによって源典侍の愁いが巧みに語られた。琵琶と催馬楽によって老女房の恋のもの悲しい滑稽さを軽快に描いた印象的な場面であると言える。

二　後院における音楽――朱雀院・冷泉院・六条院

源氏物語の中では後院《ごいん》（上皇御所）としてはもっぱら朱雀院が取り上げられる。竹河巻では男踏歌が「冷泉院に参る」という例があり、これは御所の冷泉院であるが、その他は冷泉院その人を指し、御所を指す例はない。六条院は光源氏が藤裏葉巻で准太上天皇になるので、それ以降の六条院は後院に準じるものとして扱う。

朱雀院の音楽

朱雀院における音楽の場面として、紅葉賀巻の桐壺帝の朱雀院行幸、少女巻の冷泉帝の朱雀院行幸がある。紅葉賀巻の朱雀院行幸は前節で触れた清涼殿の試楽の後に行われた桐壺帝の行幸であり、物語の中では後世からその盛儀を繰り返し回顧された記念碑的な行幸であった。光源氏が准太上天皇になった時、冷泉帝と朱雀院が六条院に行幸するが、その時「朱雀院の紅葉の賀、例の古ごと思し出でらる」（藤裏葉③四六〇頁）とあり、二条院における紫上主催の光源氏四十賀の祝宴でも、「いにしへの朱雀院の行幸に、青海波のいみじかりし夕べ思ひ出で給ふ人々は」（若菜上④九五頁）とあるのが、その例である。

紅葉賀巻の朱雀院行幸の音楽場面は次のように語られた。

例の楽の船ども漕ぎめぐりて、唐土《もろこし》、高麗《こま》と尽くしたる舞ども、くさ多かり。楽の声、鼓の音世を響かす。（中略）木高き紅葉の蔭に、四十人の垣代《かいしろ》いひ知らず吹きたてたる物の音どもにあひたる松風、まことに深山おろしと聞こえて吹きまよひ、色々に散りかふ木の葉の中より、青海波のかかやき出でたるさま、いと恐ろしきまで見ゆ。かざしの紅葉いたう散りすきて、顔のにほひにけおされたる心地すれば、御前なる菊を折りて左大将さしかへ給ふ。（下略）（紅葉賀①三一四頁）

この場面では「楽の船」が出て唐楽と高麗楽のさまざまな舞楽が演奏されたことが注目すべき点である。『河海抄』と『花鳥余情』はこの場面の準拠として、延喜十六（九一六）年三月七日の醍醐天皇が父宇多上皇の五十賀のために朱雀院に行幸した例を挙げる。確かに帝が父上皇の賀のために朱雀院に行幸する例としてはふさわしいのだが、音楽場面として見ると、延喜十六年三月の醍醐天皇の朱雀院行幸には「楽の船」の記録は見られない。

天皇の行幸に「楽の船」が出る例は、栄花物語では一条天皇が母詮子の四十賀のために土御門邸に行幸した例（巻七「とりべ野」、長保三（一〇〇一）年十月）、三条天皇が中宮妍子の出産した禎子内親王の五十日の祝いのために土御門邸に行幸した例（巻十一「つぼみ花」、長和二（一〇一三）年九月）、後一条天皇が道長の法成寺金堂供養に行幸した例（巻十七「おむがく」、治安一

（一〇二二）年七月）などがある。これらの例からすれば「楽の船」や「船楽」は道長の時代に盛んになったと言えそうである。(12)源氏物語はそれを取り入れたと見てよいかと思う。四十人の垣代や光源氏の青海波の舞については、前節に触れたところなので省略する。

少女巻の冷泉帝の朱雀院行幸は朝覲行幸と考えてよい。朝覲行幸は天皇が上皇や皇太后に行幸する儀礼である。この機会に併せて前年大学に入学した夕霧の学業を見る式部省の省試が行われた。この行幸においても「楽の船ども漕ぎまひて、調子ども奏する」（少女③七二頁）とあり、「楽の船」が出ているのが注目される。舞楽は春鶯囀が舞われた。また夕霧の省試は「放島の試み」という試験で、受験生を一人一人別の舟に乗せて、与えられた題で漢詩を作る試験であった。

舞楽の済んだ後、御遊になるが、その様子は次のように語られた。

楽所遠くておぼつかなければ、御前に御琴ども召す。兵部卿宮琵琶、内大臣和琴、箏の御琴、院の御前に参りて、琴は例の太政大臣賜り給ふ。さるいみじき上手のすぐれたる御手づかひどもの尽くし給へる音はたとへん方なし。唱歌の殿上人あまたさぶらふ。安名尊遊びて、次に桜人。月おぼろにさし出でてをかしきほどに、中島のわたりに、ここかしこ篝火どもともして、大御遊びはやみぬ。（少女巻①73頁）

この御遊では蛍兵部卿が琵琶、内大臣（旧頭中将）が和琴、朱雀院が箏、光源氏が琴を演奏した。唱歌の殿上人は催馬楽の「安名尊」や「桜人」を歌った。

このような省試の行われた朱雀院行幸の例として、康保二（九六五）年十月二十三日の村上天皇の朱雀院行幸があり、貴顕による御遊の行われた行幸としては、天暦二（九四八）年三月九日の村上天皇の朱雀院行幸がある。これらは『河海抄』が指摘している。特に天暦二年の例では、物語の「楽所遠くておぼつかなければ」という表現が、「是間楽所漸遠、絃音不分明」という一文と似ているほか、演奏者と楽器が敦実親王和琴、重明親王琴、源高明琵琶、兼明箏、唱歌の者数人とあり、この点でも類似を認めてよいと思われる。ただしこの時には「楽の船」は出ていない。

冷泉院の男踏歌

冷泉院では男踏歌が行われた。物語の中で男踏歌は全部で四回語られる（末摘花・初音・真木柱・竹河巻）が、そのうちの一つが冷泉院の例である。男踏歌は正月十四日の行事で清涼殿に天皇が出御し、その東庭で舞人、歌人など約二十人の踏歌の一団が新年の祝詞を奏上する。清涼殿の儀式が終わると、踏歌の一行は宮中を出て朱雀院や冷泉院などの後院や貴顕の家を回って行く先々で踏歌を行い、明け方宮中に帰る。(13) 物語では華やかな正月行事として語られ、光源氏三十六歳の正月の六条院では夫人たちが踏歌を見物し、源氏はその後「私の後宴すべし」

（初音巻③一六〇頁）と言って、夫人たちと女楽を行った。

冷泉院における男踏歌は光源氏の没後九年も経った時のことであるが、その時十六歳の薫が歌頭を立派に勤めたことを喜びながら、冷泉院は光源氏が踏歌の朝に女楽を行ったことを回顧しつつ、源氏の時代には女性たちも優れた管絃の名手であったと述懐した。そして冷泉院は源氏の催した踏歌の朝の女楽に倣って、御息所、薫とともに箏、琵琶、和琴の合奏をした。冷泉院による光源氏時代の踏歌の回想は、光源氏の時代が後世から憧憬される文化的な規範になっていたことを意味する。それは光源氏の意図したところであり、冷泉帝の御前で絵合を行った時、源氏は節会でも自分の時代に始まったと後世の人が言い伝えるような例を加えようと考えて、私的な遊びにも目新しい趣向を凝らしたと語られた。絵合も女楽も光源氏の後世を意識した企図であったのである。

六条院の音楽

光源氏の六条院における舞楽と御遊の例を見てみよう。源氏が准太上天皇になるのは三九歳の秋であるが、その直後の冬十月に冷泉帝と朱雀院がそろって六条院に行幸した。この六条院行幸に際して源氏は歓待の限りを尽くすべく準備した。午前十時頃に冷泉帝と朱雀院が到着すると、六条院の馬場で馬を走らせてご覧に入れる。午後二時過ぎ東南の町の寝殿に移る途中の渡殿では池に舟を浮かべて鵜飼を見せ、寝殿においては池の魚と北野で狩した鳥を調理して御膳に供した。そして日の暮れるころに楽所を召して舞楽があり、夜になって書司の宇陀の法師など累代の琴を召して、冷泉帝、朱雀院、光源氏たちがみずから演奏する御遊になった。

これについても『河海抄』は康保二年十月二十三日の村上天皇の朱雀院行幸を準拠として挙げた。『日本紀略』の当日条によれば、村上天皇はこの日朱雀院の馬場で馬を走らせて見てお り、この点は六条院馬場の儀式に類似する。その後の鵜飼や調理についても『河海抄』は村上天皇御記を挙げるが、省略する。

さて音楽場面は次のようである。

暮れかかるほどに、楽所の人召す。わざとの大楽にはあらず。なまめかしきほどに、殿上の童べ舞仕うまつる。朱雀院の紅葉の賀、例の古事思し出でらる。賀皇恩といふものを奏するほどに、太政大臣の御男の十ばかりなる、せちにおもしろう舞ふ。内裏の帝、御衣脱ぎて賜ふ。太政大臣降りて舞踏し給ふ。(下略)

日の暮るるもいと惜しげなり。楽所などおどろおどろしくはせず、上の御遊びはじまりて、書司の御琴ども召す。物の興せちなるほどに、御前にみな御琴どもまゐれり。宇陀の法師の変らぬ声も、朱雀院はいとめづらしくあはれに聞こしめす。(中略)(夕霧が)笛仕うまつり給ふ、いとおもしろし。唱歌の殿上人、御階にさぶらふ中に弁少将の声すぐれたり。

（藤裏葉③四六〇—四六二頁）

ここでは舞楽は夕方から始まるが、「わざとの大楽にはあらず」というので、大規模な舞楽ではなかった。夜にはいると御遊になるが、この御遊の特色は「御前にみな御琴どもまゐれり」とあるように、冷泉帝、朱雀院、光源氏がみずから演奏したこと、ここに招かれた親王、太政大臣、上達部たちの楽会であったということであろう。この顔ぶれは文字通り物語の中でも最高貴顕の楽会であった。ただここでは誰がどんな楽器を担当したかは語られない。宇陀の法師という和琴の名器を示すことで、その他の楽器も書司の累代の名器であったことを推測させるが、先の少女巻の御遊とは異なってそれぞれの楽器の担当者については触れない。御遊の描写に変化を持たせる工夫であろうか。

六条院の音楽場面としては、この他に光源氏の四十賀がある。原文の引用は省略するが、玉鬘が祝う時には、楽人は召さず、太政大臣（旧頭中将）が和琴、柏木も和琴、蛍兵部卿が宜陽殿の琴《きん》、光源氏も蛍宮から譲られて琴を奏する。唱歌の人々が譜を歌い催馬楽「青柳」が演奏された（若菜上④五九頁）。

夕霧の催す四十賀は冷泉帝の発議になるものであり、玉鬘主催の時より格式が高く、出席者は太政大臣以下親王五人、左右の大臣、大納言二人、中納言三人、宰相五人、殿上人は「内裏、春宮、院、残る少なし」（同上九九頁）というように、錚々たる貴顕が参集した。万歳楽や賀王恩などの舞楽が舞われたとあるから、この時は楽人が召されたのであろう。舞楽に続いて御遊になり、蛍宮が琵琶、源氏が琴、太政大臣が和琴を奏した。名前を挙げて語られないが、出席者の中で音楽に堪能な者は得意な楽器を受け持ったと考えてよい。

六条院ではなく、二条院で紫上が主催した光源氏四十賀は玉鬘主催より盛大であり、夕霧の主催に匹敵する規模である。二条院は准太上天皇光源氏の後院の一つと考えられるが、ところが、それについてわざわざ紫上が「わが御私の殿と思す二条の院」（同上九三頁）と言っており、紫上の私邸とされているように見える。二条院は元来光源氏が母更衣から伝領した邸宅であるが、須磨に下る時に紫上に管理を委ねていた。紫上は二条院は光源氏から譲られたものと考えていたということであろう。そうであれば後院とは言えないことになるが、ここでは光源氏四十賀の音楽場面として取り上げる。その二条院における賀の出席者の顔ぶれは太政大臣を除けば夕霧主催の時とほとんど変わりない規模であった。演出の盛大さは庭に舞台を設けて楽人を召し、万歳楽、皇麞《おうじょう》、落蹲《らくそん》が舞われ、楽人が帰った後に御遊になるが、その時の琵琶、琴《きん》（七絃琴）、箏などは朱雀院や冷泉帝から春宮が伝領した楽器であったのだが、それが提供された。由緒ある伝来の楽器を演奏することで桐壺院の在世の当時に思いを馳せるのである。

これら光源氏四十賀の音楽場面はどれも盛大華麗な催しであるが、しかし、舞楽の有無や準備された楽器の由緒などは主催者の立場による明らかな差異化が示されている。こうした一見区別しがたいような差異化が源氏物語では重要な意味をもっていることに注意しなければならない。ただ御遊になると比較的内輪の催しになり、担当する楽器も光源氏は琴、蛍宮は琴と琵琶、太政大臣と柏木は和琴というように固定化が見られる。

もう一つ六条院の音楽で逸することのできない催しは、女三の宮、紫上、明石女御、明石の君による女楽である。光源氏四七歳の正月、この年朱雀院の五十賀を祝おうと源氏は前年から女三の宮に琴を教授し、朱雀院の賀にはその成果を披露するつもりでいた。その前に内輪の音楽会を行うことにした。その時の楽器と担当は明石の君が琵琶、紫上が和琴、明石女御が箏、女三の宮が琴を奏し、夕霧の息子たちが笙や横笛を吹いた。これもそれぞれ得意の楽器を演奏するのであり、光源氏はその出来栄えに満足したのであるが、この女楽については源氏と夕霧の音楽談義が続く。

この女楽の場面を通して『河海抄』は『史記』『白虎通』『文選』『漢書』『礼記』等の礼楽思想の言説を引いて注とする。それらの注は総じて「礼記曰く楽は天地の和、又曰く風を移し俗を易ふれば天下皆寧し」[14]というような音楽の政道的社会的効用の論に帰着すると言える。源氏物語において音楽は遊興の具として、あるいは悲傷を払うものとして描かれるだけでなく、天地自然の調和や社会の安寧をもたらすものとして、儒教的礼楽思想によって意義づけられていたことにも注意を払っておきたい。『河海抄』の注はそのように読むことを指示しているのである。熊沢蕃山『源氏外伝』もそのような論評をしていたのであった。

三　貴族の邸宅における音楽

宮中や後院における音楽場面をみてきたが、次に貴族の邸宅における音楽をいくつか見てみる。帚木巻「雨夜の品定」の左馬頭《ひだりのうまのかみ》の体験談で語られるのは、音楽が若い男女の恋を盛り上げる話である。十月初冬のころ、左馬頭と同行した友人が女の家に立ち寄る。男は笛を吹き催馬楽「飛鳥井」を歌い、それに女が和琴で合奏する。実はこの女は馬頭が前から通っていた女であったが、その二人の笛と和琴の合奏の様子を、馬頭は次のように語った。

懐なりける笛取り出でて吹き鳴らし、影もよしなどつづしり歌ふほどに、よく鳴る和琴を調べととのへたりける、うるはしく掻き合はせたりしほど、けしうはあらずかし。律の調べは女のものやはらかに掻き鳴らして、簾の内より聞こえたるも、いまめきたる物の声なれば、清く澄める月に、をりつきなからず。（帚木①七八頁）

若い男女が笛と和琴を合奏して恋の気分を盛り上げる様子を馬頭の視点から語るところ。「影もよし」は催馬楽「飛鳥井」の一句で、「宿りはすべし」という別の一句を含意し、男は今晩泊まりたいと訴える。そういう男の笛と催馬楽に対して、女が「うるはしく掻き合はせたりし」というのは、女が男の歌に合せて上手に合奏するのであり、女の積極的な姿勢を示す。「律の調べ」は律旋音階で、「中国伝来の正楽の調子である呂に対して、わが国固有の俗楽的音階。感傷的で、洋楽の短調に近い」[15]という。「飛鳥井」は律の歌である。さらに女は「箏の琴を盤渉調に調べて、いまめかしく掻い弾きたる爪音、かどなきにはあらねど」（同上七九頁）と、和琴から箏に変えると「盤渉調」という同じ律旋音階ではなやかに現代風に弾いた。このカップルに音楽は不可欠な手段であることが示される。

邸内に響く楽の音は恋の合奏だけではない。左大臣家では桐壺帝の朱雀院行幸が近いころ、子息たちが大篳篥《ひちりき》や尺八や太鼓まで持ち出して舞楽の練習に余念がなかった。

おのおの舞ども習ひ給ふを、そのころの事にて過ぎゆく。物の音ども、常よりも耳かしがましくて、方々いどみつつ、例の御遊びならず、大篳篥、尺八の笛などの大声を吹き上げつつ、太鼓をさへ高欄のもとにまろばし寄せて、手づから打ち鳴らし、遊びおはさうず。
（末摘花①二八七頁）

源氏は二条院で引き取ったばかりの幼い紫上に熱心に箏の琴を教えると、紫上は教えられるままに可愛らしく弾く。

御琴とり寄せて弾かせたてまつり給ふ。「箏の琴は中の細緒のたへがたきこそところせけれ」とて、平調におしくだして調べ給ふ。掻き合はせばかり弾きて、さしやり給へれば、え怨じはてずいとうつくしう弾き給ふ。小さき御ほどに、さしやりてゆし給ふ御手つきいとうつくしければ、らうたしと思して、笛吹き鳴らしつつ教へ給ふ。

（紅葉賀①三三二頁）

八宮は母を亡くした姫君たちに宇治の隠棲の地で琵琶や箏の琴を教えたが、薫は彼女たちの合奏を立ち聞きして心を奪われた。

（大君の）琵琶の声の響きなりけり。黄鐘調《おうしきじょう》に調べて、世の常の掻き合はせなれど、所からにや耳馴れぬ心地して、掻きかへす撥の音も、ものきよげにおもしろし。箏の琴、あはれになまめいたる声して、絶え絶え聞こゆ。

（橋姫巻⑤一三七頁）

源氏物語の中で楽の音の響かない場所はないのであるが、その音色は人々の境遇や状況によってさまざまに変わってくる。

光源氏三十六歳の太政大臣時代の六条院の音楽は神仙郷を彷彿とさせるような楽会になる。春三月下旬、新築成った六条院の東南の町の池に、源氏は龍頭鷁首《りょうとうげきしゅ》の船を浮かべて「船の楽」を催した。雅楽寮の人を召し、親王や上達部も数多く参集し、昼間は女房たちを乗せた船が池を漕ぎめぐり、日暮れのころから皇麞他の舞楽が舞われ、夜になると楽人を召して上達部や親王たちが皆それぞれ得意の弦楽器や管楽器を演奏し、催馬楽「安名尊」を歌い、夜通し舞や演奏や催馬楽を歌って過ごした。それは女房の次の歌に示されるような神仙の蓬萊境にほかならなかった。

亀の上の山もたづねじ船のうちに老いせぬ名をばここに残さむ　（胡蝶巻③一六七頁）

「亀の上の山」は蓬莱山。わざわざ蓬莱山を訪ねるにも及ばない。この船の中で不老の名を残しましょうというのである。『白氏文集』巻三、「海漫々」は不死の薬を求める始皇帝や漢の武帝のために、方士が不死の薬を求めて蓬莱島に航海に出たが、薬を探し得ずに皆船中で老いてしまったと、神仙を求める迷信を誡めた詩である。「船のうちに老いせぬ名」とはこれを踏まえて、六条院を老いることのない神仙の世界に見立てたのである。そこは船楽や舞楽や管弦の響きが絶えることがない。六条院の音楽は通常の貴族の家で奏でられる音楽とは異次元にあるかのように語られた。物語は音楽を通して光源氏の体現する文化の水準を貴族文化の規範的な高みにあるものとして位置付けているのだと言ってよいであろう。

四　郊外の生活と音楽

北山の遊宴

都の外に出ても光源氏の行く先々では音楽の響きが絶えることがない。源氏十八歳の晩春、瘧病《わらわやみ》の治療に北山に出かけたが、病が治り下山する時には、迎えに来た頭中将たちと管弦の遊びになる。

岩隠れの苔の上に並みゐて、土器《かわらけ》まゐる。落ち来る水のさまなど、ゆゑある滝のもとなり。頭中将、懐なりける笛とり出でて吹きすましたり。弁の君、扇はかなううち鳴らして、「豊浦の寺の西なるや」とうたふ。（中略）例の篳篥吹く随身《ずいじん》、笙の笛持たせたるすき者などあり。僧都、琴をみづから持てまゐりて、「これ、ただ御手ひとつあそばして、同じうは山の鳥もおどろかしはべらむ」とせちに聞こえ給へば、「乱り心地いとたへがたきものを」と聞こえ給へど、けにくからず掻き鳴らして皆立ち給ひぬ。（若紫巻①二二三頁）

思いがけない北山での管弦の遊びであるが、頭中将が笛、弟の弁の君が催馬楽「葛城」を歌い、随身が篳篥や笙を吹き、光源氏は琴を弾く。治療目的の旅が晩春の北山での風流な遊覧に一変した趣である。気心の知れた君臣や友人たちの郊外への遊覧は伊勢物語八十二段「惟喬親王の交野の桜狩り」、八十七段「布引の滝」の物語があるが、この北山の段はそれらを想起させる。伊勢物語では酒を飲み和歌を詠むだけで音楽はないが、北山の遊覧は音楽によって一段と華やかで優美な雰囲気を醸し出す。

須磨明石の琴

須磨明石への流謫は光源氏にとって生涯で最大の艱難であったが、そういう境遇になった時、音楽は心を癒す手段になる。音楽というより、琴《きん》が心の支えになった。光源氏にとって琴は格別な意味を持つ楽器であったのである。須磨に下る時に源氏が持参したものは、儒仏道の漢籍、白氏文集、琴などであったが、琴に関わる場面を見てみる。

光源氏が須磨に下るのは二十六歳の三月下旬であるが、秋風の吹くようになったころ、寝静まった夜中に一人目をさまして風や波の音を聞きながら、涙に暮れた。

御前にいと人少なにて、うち休みわたれるに、ひとり目をさまして、枕をそばだてて四方の嵐を聞き給ふに、波ただここもとに立ち来る心地して、涙落つともおぼえぬに枕浮くばかりになりにけり。琴を少し掻き鳴らし給へるが、我ながらいとすごう聞こゆれば、弾きさし給ひて、

恋ひわびてなく音にまがふ浦波は思ふかたより風や吹くらん　（須磨②一九九頁）

「枕をそばだてて」は『白氏文集』巻十六「香鑪峰下に新に山居を卜し、草堂初めて成り、東壁に題す」の一句、「遺愛寺の鐘は枕を欹てて聴き、香鑪峰の雪は簾を撥げて看る」という有名な箇所を引く。香鑪峰下の山居は白居易の隠棲の住まいとして、この詩でも「心泰らかに身寧きは是れ帰する処」と詠まれていた。しかし、光源氏にとって須磨が「心泰らかに身寧き」地でありえたはずはない。源氏は須磨において白氏文集に親しんだが、白居易の境地とはかけ離れた自分の境遇を悲しくつらく思ったに違いない。夜中に一人目覚めて弾く琴は「我な

がらいとすごう聞こゆれば」というような悲傷の音であった。

そのころ大宰府から上京する大弐の船に、源氏の琴の声が風に乗って聞こえ、それを聞いた人々は五節の君をはじめ皆涙にくれた。冬になり雪の降り荒れるころ、源氏は琴を弾き、供人に歌を歌わせ、横笛をふかせて一夜を過ごしたが、源氏の琴に供人たちは笛も歌もやめて涙を拭った。須磨の暮らしは琴の悲傷の音色とともに過ぎたのである。

いったい琴はどのような楽器なのか。嵇康《けいこう》（嵇叔夜）「琴賦」の一節を引く。

性絜静《けっせい》にして以て端理にして、至徳の和平を含む。誠に以て心志を感盪《かんとう》し、幽情を發洩《はっせつ》す可し。是の故に戚《うれ》ひを懐く者之を聞けば、憯懍慘悽《さんりんさんせい》として、愀愴として心を傷めざるは莫《な》し。哀しみを含みて懊咿《おうい》し、自ら禁ずる能はず。其の康樂なる者之を聞けば、則ち欨愉懽《くゆかん》釋《せき》し、抃舞踊溢《べんぶよういつ》す。留連爛漫として、嗢噱《おっきゃく》して日を終ふ。若し和平なる者之を聴けば、則ち怡養悦悆《いようえつよ》し、淑穆《しゅくぼく》玄眞なり。恬虚として古を樂しみ、事を棄て身を遺《わす》る。(16)

大意は、琴の本性は清潔で端正で高徳の心の穏やかさを備えている。心志を動かして隠れた思いを発散させる楽器である。それゆえ悲しみを懐く者が聞けば、悲痛に沈み、怨みの声を漏らして止めることができない。楽しみに満ちた者が聞けば、喜びに溢れ、手を打って踊り、楽しみ笑いながら日を終える。心の穏やかな者が聞けば、和らぎ楽しみ、穏やかに深い徳を守って静かに古を楽しみ、世事もわが身も忘れるというのである。

難解な文章であるが、要は琴は清潔で端正で高徳で和平の音色を備えた楽器であり、演奏者の隠れた心を発散させ、その心を聞き手にはっきりと了解させることができるというのであろう。すなわち源氏の琴は彼の「幽情の發洩」であり、それが「いとすごう聞こ」えたというのは、源氏の思っていた以上に、彼の自覚を越えた悲傷の思いが琴の音にはっきりと現れたのである。それは供人にも五節にもよく伝わったのである。「戚ひを懐く者之を聞けば、憯懍慘悽として、愀愴として心を傷めざるは莫し。哀しみを含みて懊咿し、自ら禁ずる能はず」という状況が周囲に起こったのである。琴はそのような力を持つ楽器であったのである。

年が明けて三月上巳の日に光源氏は海岸に出て祓えをした。その時突然暴風雨が荒れ狂い二週間も続いた。嵐がおさまったころ、明石の入道が源氏を迎えに来て、源氏は明石に移住する。四月ののどかな月の美しい晩、源氏は久しぶりに琴を取り出し、その夜は広陵散の曲を技の限りを尽くして弾いた。

久しう手ふれ給はぬ琴を袋より取り出で給ひて、はかなく搔き鳴らし給へる御さまを、見たてまつる人もやすからず、あはれに悲しう思ひあへり。広陵といふ手をあるかぎり弾き澄まし給へるに、かの岡辺の家も、松の響き波の音にあひて、心ばせある若人は身にしみて思ふべかめり。（明石巻②二四〇頁）

この引用文では広陵という曲名が示され、源氏が技の限りを尽くして弾いたと語られるが、源氏のこれまでの弾琴には見られない異例な表現である。これまでは「けにくからず掻き鳴らして」（若紫巻）、「琴をすこし掻き鳴らし」（須磨巻）というのが通常の弾き方であった。ここでも初めは「はかなく掻き鳴らし」ていたのであるが、興が乗ったのであろうか、「広陵といふ手をあるかぎり弾き澄まし」た。なぜ広陵散にそのように集中したか。

広陵散の弾琴について、上原作和氏は光源氏の「叛逆の志」を読む。根拠はこの曲が嵇康の秘曲であり、嵇康が刑死の際にも伝授を拒否したこと、広陵散は「聶政《じょうせい》韓王を刺せる曲」でその主題は「父の仇討ちのために国王を刺殺すること」であったとして、これらの理由から広陵散の弾琴には「叛逆の志」があったとする。(17) しかし、嵇康や聶政伝から「叛逆の志」を読み取れるのかどうか、少なくとも一義的にそのように解釈することには疑問なしとしない。むしろ嵇康にしろ聶政にしろ王に対する「叛逆」よりも「恨み」が大きかったのではないか。「恨み」は憤怒に転じて「叛逆」にもなるが、尽きることのない悲哀にもなる。源氏の琴が人々の涙を誘うのも「恨み」に基づいていたのであろうと思う。

桂の院の大御遊びと住吉参詣

明石から帰京した光源氏は冷泉帝の後見として内大臣になり、権勢家としての地位を高めていく。源氏三十一歳、大堰に明石の君母子が移住し、源氏も近くの嵯峨野に御堂を造営し、また桂の院を造る。その年の秋、源氏は明石の君を訪ねると、帰途桂の院に寄り、駆けつけた人々に饗応し、月の出る時分から盛大な管絃の遊びになる。琵琶、和琴に笛の名手の合奏で夜が更けるころに、殿上人が四五人連れだって訪問した。冷泉帝が宮中での御遊に源氏の不参を質して手紙を持たせたのであった。殿上人にとって桂の院の遊びは宮中の御遊より心にしみたという。

住吉参詣は澪標巻と若菜下巻と二回語られる。澪標巻は源氏二十九歳の秋、内大臣になった源氏は須磨の嵐の最中に住吉神に祈った願ほどきのために参詣する。「楽人十列など装束をととのへ容貌を選びたり」(②三〇二頁)とあって、この楽人たちが東遊を奉納するのであるが、その様子は語られない。この時は参詣する光源氏の一行の衣装の華やかさが強調されるばかりであった。

若菜下巻は源氏四十六歳、明石女御の第一皇子が春宮に立ち、明石入道の大願成就もそう遠くはないと光源氏も確信するに至った時期。明石尼君、明石の君、明石女御、紫上を伴っての参詣であった。東遊の舞人や陪従も選りすぐりの者を選抜した。

ことごとしき高麗、唐土の楽よりも、東遊の耳馴れたるは、なつかしくおもしろく、波風の声に響きあひてさる木高き松風に吹きたてたる笛の音も、外にて聞く調べには変はりて身にしみ、琴にうち合はせたる拍子も、鼓を離れてととのへたる方、おどろおどろしから

ぬもなまめかしくすごうおもしろく、所がらはまして聞こえけり。（若菜下④一七一頁）

高麗楽の楽器は高麗笛、篳篥、太鼓、鉦鼓などによる舞楽、唐楽は横笛、篳篥、笙、箏、琵琶、鉦鼓、羯鼓を用いる舞楽であるが、東遊は和琴、高麗笛、笙、篳篥、拍子によって伴奏し、打楽器は用いない。神楽も和琴、神楽笛、篳篥を用い、打楽器はない[18]。この一文には打楽器を使用せず、笛類と和琴と拍子による演奏の雰囲気が高麗楽や唐楽との違いとして的確に語られる。この参詣では東遊と神楽の奉納で一夜を明かした[19]。

源氏物語の音楽の種類の多さ、場面の多様さ、奏でられる楽の音の多彩さ、舞楽の意義などについて概略を見てきたが、物語のそれぞれの場面において音楽の果たした役割の複雑さが改めて確認できたと思う。

注

（1）熊沢蕃山『源氏外伝』（国文註釈全書第十三巻、明治四十年所収、すみや書房、昭和四四年再版）の成立は一六七三年（重松信弘説）。風化説とは次のような言説である。「都て此の物語は風化を本として書けり。中にも音楽の道を委しく記せり。糸竹の遊は君子の業也。故に管絃の遊をしらざれば上臈の風俗絶えて凡情にながるる物なり。」「風を移し俗を易ふるは楽よりよきはなしといへり。此の物語に於いて音楽の道取り分け心を止めて書き置くるは此の故なり。」

（2）山田孝雄『源氏物語之音楽』宝文館、昭和九年。昭和四四年復刻限定版。
（3）中川正美『源氏物語と音楽』和泉書院、一九九一年。二〇〇七年再版。利沢麻美「源氏物語における方法としての音楽」『国語と国文学』平成五年一月、同「紫の上の和琴」『国語と国文学』平成六年二月も中川氏の方法を引き継ぐ論である。
（4）上原作和『光源氏物語の思想的変貌』有精堂、一九九四年。同『光源氏物語　學藝史』翰林書房、二〇〇六年。「君子左琴」については早く目加田さくを『物語作家圏の研究』（武蔵野書院、昭和三九年）、第七章第二節の研究がある。拙著『源氏物語その生活と文化』（中央公論美術出版、二〇〇四年）第四章参照。
（5）玉上琢彌編『紫明抄河海抄』角川書店、昭和四三年。
（6）伊井春樹編『松永本花鳥余情』桜楓社、昭和五三年。
（7）豊永聡美『中世の天皇と音楽』二〇頁。吉川弘文館、二〇〇六年。
（8）豊永聡美「王朝社会における王卿貴族の楽統」堀淳一編『王朝文学と音楽』所収、五九頁。竹林舎、二〇〇九年。
（9）荻美津夫『古代中世音楽史の研究』四四頁。吉川弘文館、二〇〇七年。
（10）池田亀鑑編『源氏物語事典』東京堂、昭和三五年。水谷百合子執筆の「青海波」の項。説明は『仁智要録』に引く「長秋卿笛譜」による。
（11）萩谷朴『枕草子』上、新潮社、昭和五二年。第百三十五段頭注参照。
（12）『大日本史料』延喜十七年三月十六日条所収「御遊抄」には、醍醐天皇が宇多上皇の六条院に行幸した折り、「龍頭鷁首、楽人唱歌者乗也」とあり、この時は「楽の船」が出たことが分かる。
(13) 山中裕『平安朝の年中行事』塙書房、昭和四七年。
(14) 上掲、玉上琢彌編『紫明抄河海抄』、巻十三「若菜下」四八五頁。
(15) 石田穣二・清水好子『源氏物語』一、新潮社、昭和五一年、六九頁。
(16) 引用は新釈漢文大系・高橋忠彦『文選（賦篇）下』明治書院、平成一三年。大意は同書による。
(17) 上掲4『光源氏物語　學藝史』二六九～二七〇頁。『光源氏物語の思想的変貌』一七九～一九〇頁。川島絹江『『源氏物語』の源泉と継承』（笠間書院、二〇〇九年）は、広陵散の弾琴は、朱雀帝が桐壺院の遺言を守らなかったことに対して、光源氏が桐壺院の無念を晴らすことを志し、強い意志をもって成し遂げることに主眼があったという。同書三一二頁。
(18) 上掲10『源氏物語事典』による。
(19) 東遊と神楽については、小山利彦『源氏物語と皇権の風景』大修館書店、二〇一〇年。

執筆者紹介（掲載順）

豊永　聡美（とよなが　さとみ）

1960年生まれ。東京音楽大学教授。

著書：『中世の天皇と音楽』（吉川弘文館、2006年）、「看聞日記の舞御覧に見る公武関係」（『看聞日記と中世文化』森話社、2009年）、「王朝社会における王卿貴族の楽統」（『王朝文学と音楽』（竹林舎、2009年）。

江川　式部（えがわ　しきぶ）

1967年生まれ。明治大学商学部兼任講師。

論文：「唐代の上墓儀礼―墓祭習俗の礼典編入とその意義について―」（『東方学』第120輯、2010年）、「顔勤礼碑と顔氏一門」（『東アジア石刻研究』第２号、2010年）。

西本　香子（にしもと　きょうこ）

1964年生まれ。明治大学情報コミュニケーション学部兼任講師。

論文：「物語の庭園と水の聖域―『うつほ物語』桂邸を中心に―」（『王朝文学と建築・庭園』竹林舎、2007年）、「聖なる琴の文化圏」（アジア遊学126号、勉誠出版、2009年）、「『うつほ物語』の〈かたち〉と〈こころ〉―容貌・服飾表現を手がかりとして―」（『王朝文学と服飾・容飾』竹林舎、2010年）。

上原　作和（うえはら　さくかず）

1962年生まれ。明星大学教授。

著書：『光源氏物語學藝史』（翰林書房、2006年）、編著『人物で読む源氏物語』（全20巻、勉誠出版、2005～６年）、共編『テーマで読む源氏物語論』（全３巻、勉誠出版、2008年）。

西野入　篤男（にしのいり　あつお）

1980年生まれ。明治大学大学院博士後期課程。

論文：「玉鬘の流離と『白氏文集』「傳戎人」―光源氏と内大臣との狭間で漂う玉鬘の物語の仕組み―」（『源氏物語と漢詩の世界　『白氏文集』を中心に』青簡舎、2009年）、「『懐風藻』の〈琴〉―その用例と表現の特徴をめぐって―」（『アジア遊学』126号、勉誠出版、2009年）、「平安朝文学作品における采女司・采女」（『王朝文学と官職・位階』竹林舎、2008年）。

青柳　隆志（あおやぎ　たかし）

1961生まれ。東京成徳大学教授。

著書：『日本朗詠史　研究篇』（1999年、笠間書院）、「日本朗詠史　年表篇』（2001年、笠間書院）、『和歌を歌う　歌会始と和歌披講』（2005年、笠間書院）。

編者紹介

日向　一雅（ひなた かずまさ）

1942年生まれ。明治大学文学部教授。

著書：『源氏物語の準拠と話型』（至文堂、1999年）、『源氏物語の世界』（岩波新書、2004年）、『謎解き源氏物語』（ウェッジ、2008年）、『源氏物語　重層する歴史の諸相』（竹林舎、2006年、編著）、『王朝文学と官職・位階』（竹林舎、2008年、編著）、『源氏物語と平安京』（青簡舎、2008年、編著）、『源氏物語と漢詩の世界』（青簡舎、2009年、編著）、『源氏物語と仏教』（青簡舎、2009年、編著）など。

源氏物語と音楽　文学・歴史・音楽の接点

二〇一一年二月二八日　初版第一刷発行

編　者　日向　一雅
発行者　大貫　祥子
発行所　株式会社青簡舎
〒一〇一-〇〇五一
東京都千代田区神田神保町一-二七
電　話　〇三-五二八三-二二六七
振　替　〇〇一七〇-九-四六五四五二
装　丁　佐藤三千彦
印刷・製本　株式会社太平印刷社

ISBN978-4-903996-38-7　C1093